Mathias Malzieu

a Mecânica do Coração

Tradução de
ANDRÉ TELLES

— Galera —

RIO DE JANEIRO

2024

CIP-BRASIL. CATALOGAÇÃO-NA-FONTE
SINDICATO NACIONAL DOS EDITORES DE LIVROS, RJ

M229m
2ª ed.
Malzieu, Mathias, 1974-
A mecânica do coração / Mathias Malzieu; tradução André Telles. – Rio de Janeiro: Galera Record, 2024.

Tradução de: La mécanique du coeur
ISBN 978-85-01-08719-5

1. Literatura infantojuvenil francesa. I. Telles, André. II. Título.

11-3825
CDD: 028.5
CDU: 087.5

Título original em francês:
La mécanique du coeur

© Flammarion, 2007

Todos os direitos reservados. Proibida a reprodução, no todo ou em parte, através de quaisquer meios. Os direitos morais do autor foram assegurados.

Texto revisado segundo o novo Acordo Ortográfico da Língua Portuguesa.

Direitos exclusivos de publicação em língua portuguesa somente para o Brasil adquiridos pela
EDITORA RECORD LTDA.
Rua Argentina, 171 - Rio de Janeiro, RJ - 20921-380 - Tel.: 2585-2000, que se reserva a propriedade literária desta tradução.

Impresso no Brasil

ISBN: 978-85-01-08719-5

Seja um leitor preferencial Record.
Cadastre-se e receba informações sobre nossos lançamentos e nossas promoções.

EDITORA AFILIADA

Atendimento e venda direta ao leitor:
sac@record.com.br

Para você, Acacita,
que fez este livro germinar no meu ventre.

Em primeiro lugar, não toque nos seus ponteiros. Em segundo lugar, controle sua raiva. Em terceiro, nunca, mas nunquinha mesmo, se apaixone. Pois, neste caso, o grande ponteiro das horas transpassará para sempre sua pele no relógio de seu coração, seus ossos implodirão, e a mecânica do coração voltará a emperrar.

1

Neva em Edimburgo neste 16 de abril de 1874. Um frio de esquimó paranormal aprisiona a cidade. Os velhos especulam, pode ser o dia mais frio do mundo. Há quem ache que o sol desapareceu para sempre. O vento corta como navalha, os flocos estão mais leves que o ar. BRANCO! BRANCO! BRANCO! Explosão surda. Não se vê nada a não ser isso. As casas sugerem locomotivas a vapor, a fumaça acinzentada expelida por suas chaminés faz crepitar um céu de aço.

Edimburgo e suas ruas escarpadas entram em metamorfose. Uma por uma, as fontes se transformam em buquês de gelo. O velho rio, normalmente tão sério em seu papel de rio, disfarçou-se de lago de açúcar congelado que se estende até o mar. O estrépito da rebentação reverbera como vidro estilhaçado. A geada cria maravilhas lantejoulando o corpo dos gatos. As árvores parecem gordas fadas de camisola branca estirando seus galhos, bocejando para a lua e observando as caleças derraparem num calçamento que está mais para um rinque de patinação. O frio é de tal ordem que as aves congelam em pleno voo antes de se espatifarem no chão. O barulho que elas fazem na queda é incrivelmente suave para um barulho de morte.

É o dia mais frio do mundo. É hoje que eu me preparo para nascer.

O que vem a seguir se passa numa velha casa encarapitada no cume da colina mais alta de Edimburgo — Arthur's Seat —, um vulcão incrustado de quartzo azul em cujo topo repousariam os restos mortais do bom e velho rei Arthur. O telhado da casa, pontudíssimo, é incrivelmente alto. A chaminé, em forma de facão de açougueiro, aponta para as estrelas. É nela que a lua amola seus crescentes. Não há ninguém aqui, só árvores.

Dentro, tudo é de madeira, como se a casa tivesse sido esculpida num enorme pinheiro. Era quase como entrar num chalé: vigas aparentes todas enrugadas, portinholas catadas no cemitério dos trens, mesa de centro improvisada diretamente num pedestal. Incontáveis almofadas de lã estofadas com folhas mortas tricotam uma atmosfera de ninho. Vários partos clandestinos são realizados nesta casa.

Aqui mora a estranha doutora Madeleine, parteira considerada louca pelos moradores da cidade, na verdade até que é bonita para uma velha senhora. A centelha no seu olhar permanece intacta, mas ela tem como que um fio desencapado no sorriso.

A doutora Madeleine bota no mundo os filhos das prostitutas, das mulheres abandonadas, jovens demais ou infiéis demais para darem à luz no circuito clássico. Além dos partos, a doutora Madeleine adora consertar as pessoas. É uma grande especialista em prótese mecânica, olho de vidro, perna de pau... Tem de tudo na oficina dela.

Neste fim de século XIX, isso é suficiente para ela ser considerada suspeita de bruxaria. Na cidade, dizem que mata os recém-nascidos para transformá-los em escravos ectoplásmicos e que dorme com todo tipo de aves a fim de engendrar monstros.

Durante o longo sufoco das contrações, minha jovem mãe observa com um olho distraído flocos de neve e pássaros se esborracharem silenciosamente na janela. Parece uma criança brincando de ter bebê. Sua cabeça é um poço de melancolia: sabe que não ficará comigo. Mal ousa abaixar os olhos até sua barriga prestes a eclodir. Quando minha chegada se faz iminente, suas pálpebras se fecham sem se crispar. Sua pele se confunde com os lençóis como se a cama a aspirasse, como se ela estivesse derretendo.

Ela já chorava escalando a colina para chegar aqui. Suas lágrimas congeladas quicaram no chão como as pérolas de um colar quebrado. À medida que avançava, um tapete de bolinhas de gude cintilantes formava-se sob seus pés. Ela começou a patinar cada vez com maior intensidade. A cadência de seus passos acelerou-se loucamente. Seus calcanhares se emaranharam, seus tornozelos vacilaram e ela caiu violentamente para a frente. Lá dentro, eu fiz um barulho de cofrinho quebrado.

A doutora Madeleine foi minha primeira visão. Seus dedos agarraram minha cabeça em forma de azeitona — bola de rúgbi em miniatura —, e eu me encolhi, tranquilo.

Minha mãe prefere desviar o olhar. Em todo caso, suas pálpebras não querem mais funcionar. "Abra os olhos! Veja a chegada desse minúsculo floco de neve que você fabricou!"

Madeleine diz que eu pareço um passarinho branco de pé grande. Minha mãe responde que, se não olha para mim, certamente não é para fazerem uma descrição para ela.

— Não quero ver nada, nem saber de nada!

Alguma coisa parece subitamente preocupar a doutora. Ela não para de apalpar meu minúsculo torso. O sorriso abandona seu rosto.

— Seu coração está duro demais, acho que está congelado.

— O meu também, ora essa, não precisa exagerar.

— Mas o coração dele está congelado de verdade!

Ela me sacode todo, fazendo um barulho igual a alguém remexendo numa bolsa de ferramentas.

A doutora Madeleine se agita em sua bancada de trabalho. Minha mãe espera, sentada em seu leito. Está tremendo agora, e, dessa vez, o frio também tem culpa. Igualzinha a uma boneca de porcelana que fugiu de uma loja de brinquedos.

Do lado de fora, neva cada vez mais forte. A trepadeira prateada escala todos os telhados. As rosas transparentes se debruçam nas janelas, iluminando as avenidas. Os gatos transformam-se em gárgulas, as garras enfiadas na calha.

No rio, os peixes fazem caretas, imobilizados. A cidade inteira está à mercê de um soprador de vidro, que expele um frio de picolé. Em poucos segundos, os raros corajosos que ousam se aventurar do lado de fora veem-se paralisados, como se um deus qualquer acabasse de aprisioná-los numa fotografia. Carregados pelo impulso de seu tropel, alguns começam a escorregar no andamento de um último balé. São quase belos, cada um no seu estilo, anjos tortos com cachecóis enfiados no céu, bailarinas de caixa de música no fim da corrida estacando no ritmo de sua derradeira respiração. Em toda parte, transeuntes congelados ou em vias de sê-lo empalam-se no roseiral das fontes. Apenas os relógios continuam a bombear o coração da cidade como se nada acontecesse.

"Não foi desavisada que subi ao topo de Arthur's Seat. Bem que me disseram que essa velha era louca", pensa minha mãe. A pobrezinha parece morta de frio. Se a doutora conseguir consertar meu coração, acho que terá mais trabalho ainda com o dela... Quanto a mim, espero nu em pelo, deitado na mesa ao lado da bancada, o torso espremido num colete metálico. Começo seriamente a tiritar de frio.

Um venerável gato preto com maneiras de groom está encarapitado na mesa da cozinha. A doutora fez um par de óculos para ele. Armação verde combinando com seus olhos, que classe. Ele observa a cena com um ar blasé — só lhe falta um jornal de economia e um charuto.

A doutora Madeleine põe-se a revirar a prateleira dos relógios mecânicos. Pega vários modelos diferentes. Angulosos de aspecto severo, arredondados, amadeirados, e metálicos, pretensiosos até a ponta dos ponteiros. Com um ouvido escuta meu coração defeituoso, com o outro os tique-taques. Parece uma dessas velhas alquebradas que levam quinze minutos para escolher um tomate na feira. Então, de repente, seu olhar se ilumina. "Este!", exclama acariciando com a ponta dos dedos as engrenagens de um velho cuco.

O relógio deve medir cerca de quatro centímetros por oito, é todo de madeira exceto o mecanismo, o mostrador e os ponteiros. O acabamento é bem rústico, "sólido", pensa a doutora em voz alta. O cuco, do tamanho da falange do meu dedinho, é vermelho de olhos pretos. Seu bico sempre aberto dá a ele um aspecto de passarinho morto.

— Você terá um bom coração com esse relógio! E ele combina muito bem com sua cabeça de pássaro — disse Madeleine, dirigindo-se a mim.

Não gosto muito dessa história de pássaro. Em todo caso, ela está tentando salvar minha vida, não vou discutir.

A doutora Madeleine veste um avental branco — dessa vez é certo, vai começar a cozinhar. Sinto-me como um frango assado que esqueceram de matar. Ela vasculha numa saladeira, escolhe uns óculos de soldador e cobre seu rosto com um lenço. Não a vejo mais sorrir. Ela se debruça sobre mim e me faz inalar éter. Minhas pálpebras se fecham, macias como as persianas de uma noite de verão bem longe daqui. Não sinto mais vontade de gritar. Olho para ela enquanto o sono me invade lentamente. Tudo nela é arredondado, os olhos, as maçãs do rosto enrugadas tipo *reinettes*, o peito. Uma verdadeira máquina de agasalhar. Mesmo quando eu não estiver com fome, fingirei que estou. Só para lhe morder os seios.

Madeleine rasga a pele do meu torso com uma grande tesoura denteada. O contato desses dentes minúsculos me faz um pouco de cócegas. Ela enfia o reloginho sob minha pele e passa a conectar as engrenagens nas artérias do coração. É delicado, não convém danificar nada. Ela utiliza sua sólida linha de aço, finíssima, para executar uma dúzia de minúsculos nós. O coração bate de quando em quando, mas o volume de sangue propelido às artérias é pequeno. "Como é branco!", diz ela em voz baixa.

É a hora da verdade. A doutora Madeleine acerta o relógio para meia-noite em ponto... Nada acontece. O sistema mecânico não parece suficientemente poderoso para desencadear as pulsações cardíacas. Meu coração fica sem bater durante um momento perigosamente longo. Minha cabeça roda, sinto-me como num sonho extenuante. A doutora pressiona ligeiramente as engrenagens de maneira a deflagrar o movimento. "Tique-taque", faz o relógio. "Bo-bum", responde o coração, e as artérias colorem-se de vermelho. Pouco a pouco, o tique-taque se acelera, o bo-bum também. Tique-taque. Bo-bum. Tique-taque. Bo-bum. Meu coração bate numa velocidade praticamente normal. A doutora Madeleine retira com delicadeza seus dedos das engrenagens. O relógio diminui a cadência. Ela aciona novamente a máquina para a mecânica funcionar; porém, assim que retira os dedos, o ritmo do coração arrefece. Poderia dizer que acaricia uma bomba indagando-se quando ela vai explodir.

Tique-taque. Bo-bum. Tique-taque. Bo-bum.

Os primeiros fachos de luz ricocheteiam na neve e vêm esgueirar-se através dos postigos. A doutora Madeleine está esgotada. Quanto a mim, dormi; talvez esteja morto porque meu coração está parado há um tempão.

De repente, o pio do cuco ressoa tão alto no meu peito que tusso de surpresa. Arregalando os olhos, descortino a doutora Madeleine de braços levantados como se acabasse de converter um pênalti numa final de copa do mundo.

Então ela começa a costurar meu peito com ares de grande modista; nada sugere que estou avariado e sim que minha pele envelheceu, tipo rugas à la Charles Bronson. Muita classe. O mostrador está protegido por um enorme curativo.

Todas as manhãs, alguém terá que me acertar com a ajuda de uma chave. Sem isso, eu poderia dormir para sempre.

Minha mãe diz que pareço um grande floco de neve equipado com ponteiros. Madeleine responde que é um jeito bom de me encontrar em caso de tempestade de neve.

É meio-dia, a doutora acompanha a moça até a porta com sua maneira calorosa de sorrir em meio a catástrofes. Minha jovem mãe avança lentamente. A comissura de seus lábios treme.

Ela se afasta com seu passo de velha senhora melancólica num corpo de adolescente.

Ao se misturar com a bruma, minha mãe vira um fantasma de porcelana. Nunca mais a vi depois desse dia estranho e maravilhoso.

2

Madeleine recebe visitas diariamente. Os pacientes que não têm dinheiro para recorrer a um médico "diplomado", quando quebram alguma coisa, sempre acabam aparecendo por aqui. Quer se trate de regular sua mecânica ou só tirar um tempo para jogar conversa fora, ela gosta de remendar o coração das pessoas. Sinto-me agradavelmente normal com meu relógio quando ouço um cliente se queixar de ferrugem na coluna vertebral:

— É metal, é normal!

— É, mas é só eu mexer um braço que range!

— Já lhe receitei um guarda-chuva. É difícil encontrar um na farmácia, eu sei. Dessa vez empresto-lhe o meu, mas trate de arranjar um até a nossa próxima consulta.

Assisto também ao desfile de jovens casais bem-vestidos que escalam a colina para adotar os filhos que eles não conseguiram ter. A coisa acontece como uma visita de apartamento, Madeleine faz propaganda de determinada criança que nunca chora, tem uma alimentação saudável ou já vai ao banheiro sozinha.

Espero minha vez, instalado num sofá. Sou o menorzinho, a ponto de quase caber numa caixa de sapatos. Quando a atenção se volta para mim, a coisa começa sempre com sorrisos mais ou menos falsamente comovidos, até o momento em que um dos futuros pais pergunta: "De onde vem esse tique-taque que ouvimos aqui?"

Então a doutora me põe no colo, desabotoa minhas roupas e mostra meu curativo. Uns berram, outros se contentam em fazer uma careta, dizendo:

— Ai, meu Deus! Que treco é esse?

— Se fosse apenas um artifício de Deus, não estaríamos aqui para falar disso. Esse "treco", como o senhor diz, é um relógio que permite ao coração desta criança bater normalmente — ela responde, seca.

Os casaizinhos fazem uma cara encabulada e vão cochichar no cômodo ao lado, mas o veredito nunca varia:

— Não, obrigado, podemos ver outras crianças?

— Claro, me acompanhem, tenho duas fofuras que nasceram na semana do Natal — ela sugere, quase alegrinha.

No início, eu realmente não me dava conta do que acontecia, eu era muito pequeno. Quando cresci, porém, tornou-se embaraçoso ser, de certa forma, o vira-lata do canil. O que me pergunto é como um simples relógio pode repugnar as pessoas a esse ponto. Afinal de contas, é só madeira!

Hoje, quando acabo de ser reprovado na adoção pela enésima vez, um contumaz paciente da doutora aproxima-se de mim. Arthur é um ex-oficial da polícia que virou mendigo e alcoólatra. Tudo nele é amarrotado, da japona até as pálpebras. É um galalau. Seria mais ainda se ficasse reto. Em geral, nunca fala comigo. Curiosamente, gosto da forma como não nos falamos. Há alguma coisa tranquilizadora em sua maneira de atravessar a cozinha mancando, com um arremedo de sorriso e um gesto de mão.

Enquanto no cômodo ao lado Madeleine recebe pequenos casais bem-vestidos, Arthur oscila de um pé para o outro. Sua coluna vertebral range como uma porta de cadeia. Acaba por me dizer:

— Não se preocupe, mocinho! Na vida tudo passa, fique sabendo. Sempre saramos, ainda que demore. Perdi meu emprego semanas antes do dia mais frio do mundo e minha mulher me botou porta afora. E pensar que eu tinha aceitado entrar na polícia por causa dela. Eu sonhava mesmo era ser músico, mas nossa situação financeira era cruel.

— O que houve para a polícia não querer mais saber de você?

— Cada qual com seu astral! Eu cantarolava os depoimentos quando os lia e passava mais tempo no teclado do meu harmônio do que na máquina de escrever da delegacia. Além disso, eu bebia um pouquinho de uísque, o estrito necessário para me propiciar um belo grão de voz... Mas eles não entendiam nada de música, percebe? Terminaram me pedindo para ir embora. Aí, tive a infelicidade de contar o motivo à minha mulher. A continuação, você sabe... Gastei o pouco dinheiro que me restava com uísque. Foi o que me salvou a vida, fique sabendo.

Adoro seu jeito de falar "fique sabendo". Ele assume um ar supersolene para me explicar que o uísque lhe "salvou a vida".

— Naquele maldito 16 de abril de 1874, o frio rachou minha coluna vertebral: apenas o calor do álcool que ingurgito desde esses funestos acontecimentos me impediu de congelar completamente. Sou o único sobrevivente dos mendigos, todos os meus colegas morreram de frio.

Tira o casaco e me pede para examinar suas costas. Fico um pouco constrangido, mas não posso me furtar:

— Para consertar a parte rachada, a doutora Madeleine me enxertou um pedaço de coluna vertebral musical, com a qual afinou os ossos. Bato nas costas com um martelo e posso tocar melodias. Até que é um som bem bonito, mas em compensação ando como um caranguejo. Vamos, toque alguma coisa se quiser — ele me disse me estendendo seu martelinho.

— Não sei tocar nada!

— Espere, espere, vamos cantar um pouco, vai ver.

Põe-se a cantar *Oh When the Saints* acompanhando-se com seu ossófono. Sua voz é reconfortante como um bom e velho fogo de lareira numa noite de inverno.

Ao ir embora, abre seu alforje, está cheio de ovos de galinha.

— Por que anda por aí com todos esses ovos?

— Porque eles estão cheios de recordações... Minha mulher cozinhava-os maravilhosamente bem. Quando os cozinho, tenho a impressão de estar novamente com ela.

— Consegue cozinhá-los tão bem quanto ela?

— Não, faço umas coisas nojentas, mas isso me permite reavivar nossas recordações com mais facilidade. Pegue um, se quiser.

— Não quero que lhe falte uma recordação.

— Não se preocupe comigo, tenho mais do que preciso. Você ainda não sabe, mas um dia ficará contentíssimo ao abrir sua bolsa e encontrar nela uma recordação de infância.

Enquanto isso, o que sei é que assim que soarem os acordes menores de *Oh When the Saints* minhas brumas de preocupação se dissiparão por algumas horas.

A partir do meu quinto aniversário, a doutora parou de me mostrar a seus clientes. Faço-me cada vez mais perguntas, e a necessidade de respostas aumenta a cada dia.

Meu desejo de descobrir o "rés do chão da montanha" torna-se igualmente obsessivo. Percebo seu rugido misterioso quando trepo no telhado da casa, a sós com a noite. O luar nimba as ruas do coração da cidade com uma aura açucarada, sonho em mordê-la.

Madeleine não para de me repetir que o tempo de enfrentar a realidade da cidade chegará muito em breve.

— Não se empolgue muito, você sabe que cada batida do seu coração é um pequeno milagre. Essa montagem é frágil. Deve melhorar com você crescendo, mas tem que ter paciência.

— Quantas voltas de ponteiro das horas?

— Algumas... algumas. Eu queria que seu coração se solidificasse mais um pouco, antes de soltá-lo na natureza.

Tenho que admitir, meu relógio me causa alguns problemas. É a parte mais sensível do meu corpo. Não suporto que toquem nele, a não ser Madeleine. É ela que, com a ajuda de uma chavinha, me dá corda todas as manhãs. Quando pego friagem, os acessos de tosse emperram as engrenagens. Como se fossem transpassar minha pele. Detesto o barulho de louça quebrada que isso faz.

Mas a maior preocupação é o fuso horário. Quando anoitece, esse tique-taque que ressoa em toda parte no meu corpo me impede de conciliar o sono. Dessa forma, posso estar esfalfado de cansaço no meio da tarde e me sentir em plena forma no meio da noite. Entretanto, não sou nem um hamster nem um vampiro, apenas um insone.

Em compensação, como em geral as pessoas que sofrem de uma doença, tenho direito a algumas deliciosas contrapartidas. Gosto desses preciosos momentos em que Madeleine, como um fantasma de camisola, penetra no meu quarto para aplacar minhas insônias com cantigas de ninar mal-assombradas, uma xícara de chocolate quente na mão. Às vezes ela cantarola até a madrugada acariciando minhas engrenagens com a ponta dos dedos. É extremamente doce. *"Love is dangerous for your tiny heart"*, repete ela de forma hipnótica. É como se recitasse fórmulas de um antigo sortilégio para eu conciliar o sono. Gosto de ouvir sua voz reverberar sob um céu espetado de estrelas, ainda que a maneira como ela sussurra *"love is dangerous for your tiny heart"* me pareça um pouco estranha.

No dia do meu décimo aniversário, a doutora Madeleine finalmente concorda em me levar à cidade. Faço-lhe esse pedido há tanto tempo... Porém, até o último instante, ela arranja um jeito de me embromar, arrumando a casa, passando de um cômodo a outro.

No porão, indócil, descubro uma prateleira repleta de redomas. Algumas exibem uma etiqueta, "lágrimas 1850-1857", outras estão cheias de "maçãs do jardim".

— De quem são todas essas lágrimas? — pergunto-lhe.

— Minhas. Quando choro, recolho minhas lágrimas numa garrafinha e as armazeno neste porão para fazer coquetéis com elas.

— Como consegue produzir quantidades tão grandes?

— Na minha mocidade, um embrião perdeu o rumo quando se encaminhava para o meu ventre. Ficou espremido numa das minhas trompas, provocando uma hemorragia interna. Desde então, não posso ter filhos.

Ainda que eu me sinta feliz de fazer o parto das outras, chorei muito. Mas melhorou depois que você chegou...

Sinto-me envergonhado por lhe ter feito essa pergunta.

— Num dia de profundos soluços, percebi que beber lágrimas proporcionava alívio, sobretudo misturadas com um pouco de álcool de maçã. Mas não é recomendável ingeri-las quando estamos num estado normal, senão não conseguimos mais ser felizes sem bebê-las e entramos num círculo vicioso, não paramos de chorar para poder beber nossas lágrimas.

— Você passa o tempo consertando as pessoas, mas afoga suas mágoas no álcool de suas próprias lágrimas, por quê?

— Não se preocupe com essas coisas, acho que merecemos descer à cidade hoje, há um aniversário a ser comemorado, não é mesmo? — disse ela esforçando-se para sorrir.

A história das lágrimas de Madeleine me abalou, a descida da colina demora a ressuscitar meu entusiasmo. Entretanto, assim que avisto Edimburgo, meus sonhos voltam a prevalecer.

Sinto-me como Cristóvão Colombo descobrindo a América! O labirinto tortuoso das ruas me atrai como um ímã. As casas projetam-se umas na direção das outras, estreitando o céu. Corro! É como se uma simples brisa pudesse fazer a cidade desabar como um dominó de tijolos. Corro! As árvores permanecem fincadas no topo da colina, mas as pessoas crescem de todos os lados, as mulheres explodem em buquês, chapéus-tulipas, vestidos-tulipas! Das sacadas, elas se espicham através das janelas até a feira que colore a praça St Salisbury.

Enveredo por ali: estalos de tamanco pipocam no calçamento; o som das vozes misturadas me arrasta. Isso e esse grande campanário que ressoa com um coração dez vezes maior que o meu.

— É meu pai aquele ali?

— Não, não, não é seu pai... É o cânone das treze horas, ele só toca uma vez por dia — responde Madeleine, ofegante.

Atravessamos a praça. Na reentrância de um beco ressoa uma música tão maliciosa e melancólica quanto faíscas harmônicas. Sua melodia me enlouquece: tenho a impressão de que chove e faz sol ao mesmo tempo em toda parte dentro de mim.

— É um realejo, bonito, não acha? — me diz Madeleine. — É um instrumento que funciona quase igual ao seu coração, deve ser por isso que você gosta tanto. É mecânica recheada de emoções.

Eu achava que tinha acabado de ouvir o som mais arrebatador de toda a minha vida, mas ainda não chegara ao fim de minhas surpresas apimentadas. Uma menina minúscula com aspecto de árvore em flor avança até o instrumento musical e começa a cantar. O som de sua voz lembra o canto de um rouxinol, mas com palavras. *Perdi meus óculos, quer dizer, preferi não usá-los, com eles fico com uma cara engraçada, uma cara de labareda... de óculos.*

Seus braços parecem galhos e seus cabelos pretos cacheados abrasam seu rosto como a sombra de um incêndio. Seu nariz magnificamente bem desenhado é tão minúsculo que me pergunto como ela pode respirar com ele — na minha opinião, está ali apenas para decorar. Ela dança como um pássaro em equilíbrio sobre saltos-agulha, femininos alicerces. Seus olhos são imensos, podemos nos dedicar a estudar seu interior. Neles, vemos uma determinação feroz. Tem um porte de cabeça altivo, como uma dançarina de flamenco em miniatura. Seus seios parecem dois pequenos merengues tão maravilhosamente bem assados que seria desaconselhável não devorá-los imediatamente.

Não ligo se vejo tudo embaçado beijando e cantando, prefiro manter os olhos fechados.

Uma sensação de calor me invade. O carrossel da pequena cantora me dá medo, mas morro de vontade de subir ali. O cheiro de algodão-doce e poeira resseca minha garganta, não sei como funciona um foguete cor-de-rosa, mas tenho que subir.

De supetão, começo a cantar por minha vez, como numa comédia musical. A doutora olha para mim com sua expressão de "tire-imediatamente-suas-mãos-do-forno".

Oh meu pequeno incêndio, deixe-me morder suas roupas, rasgá-las com todos os dentes, cuspi-las em confete para beijá-la sob a chuva... Ouvi bem, "confete"?

O olhar de Madeleine vocifera.

Só vejo fogo, mais um passinho e eu me perco, longe, tão longe na minha rua que sequer ouso olhar para o céu diretamente com meus olhos, só vejo fogo.

— *Vou guiá-la para fora da sua cabeça, serei seus óculos e você será meu fósforo.*

— *Preciso lhe fazer uma confissão, entendo você mas nunca serei capaz de reconhecê-lo, mesmo sentado entre dois velhinhos...*

— *Nos esfregaremos um no outro até gratinar nossos esqueletos e quando o relógio do meu coração der meia-noite em ponto, pegaremos fogo, não precisaremos nem abrir os olhos.*

— *Eu sei, sou uma chama, mas quando a música para tenho dificuldade para reabrir os olhos, eu me inflamo como um fósforo e minhas pálpebras queimam com mil fogueiras até esmagar meus óculos sem pensar em reabrir os olhos.*

No momento em que nossas vozes elevam-se em uníssono, seu salto esquerdo fica agarrado entre duas pedras do calçamento, ela vacila como uma toupeira no fim da corrida e se esborracha sobre a calçada congelada. Um acidente cômico mas violento. Escorre sangue pelo seu vestido de penas de pássaro. Parece uma gaivota esmigalhada. Mesmo encarquilhada sobre o calçamento, acho-a comovente. Ela coloca com dificuldade um par de óculos de galhos retorcidos, tateando como uma sonâmbula. Sua mãe a segura pela mão, com mais firmeza do que geralmente fazem os pais, digamos que a refreia com a mão.

Tento dizer-lhe alguma coisa, mas as palavras permanecem imprensadas na minha garganta. Pergunto-me como olhos tão grandes e maravilhosos podem funcionar tão mal a ponto de ela esbarrar nas coisas.

A doutora Madeleine e a mãe dela trocam algumas palavras tal qual as donas de dois cães que tivessem acabado de brigar.

Meu coração acelera ainda mais, luto para recuperar o fôlego. Tenho a impressão de que o relógio incha e sobe até a minha garganta. Será que acaba de sair de um ovo? Será que essa garota come? Será que é de chocolate? Que piração é essa?

Tento olhar nos seus olhos, mas sua inacreditável boca sequestrou os meus. Eu não julgava possível passar tanto tempo admirando uma boca.

Subitamente, o cuco no meu coração começa a se manifestar, bem alto, muito mais alto do que quando tenho minhas crises. Sinto minhas engrenagens girarem a toda velocidade, como se eu tivesse engolido um helicóptero. O carrilhão rompe meus tímpanos, tapo os ouvidos e, obviamente, a boca. A doutora Madeleine tenta me acalmar com gestos lentos, à maneira de um passarinheiro que tenta agarrar um canário em pânico em sua gaiola. Sinto um calor atroz.

Minha vontade era ter agido como águia-real, ou alcatraz majestosamente *cool*, mas em vez disso dei uma de canário estressado algemado em seus sobressaltos. Espero que a pequena cantora não tenha me visto. Meu tique-taque lateja, meus olhos se abrem, estou cara a cara com o azul do céu. Pela ponta do colarinho da minha camisa, o punho de ferro da doutora descola ligeiramente meus calcanhares do chão. Ela me agarra pelo braço.

— Pra casa, imediatamente! Você dá medo em todo mundo! Em todo mundo!

Parece furiosa e preocupada ao mesmo tempo. Sinto-me envergonhado. Ao mesmo tempo rememoro as imagens desse arbusto de menina que canta sem óculos e olha o sol diretamente nos olhos. Eu me apaixono imperceptivelmente. Perceptivelmente também. No bojo do meu relógio, é o dia mais quente do mundo.

Após quinze minutos de acertos e uma boa sopa de macarrão, voltei ao meu esquisito estado normal.

Madeleine, por sua vez, tem os traços esgarçados, como quando canta muito tempo para me fazer dormir, mas com uma expressão mais preocupada.

— Seu coração não passa de uma prótese, é mais frágil que um coração normal e será sempre assim. As emoções não são tão bem filtradas pelos mecanismos do relógio quanto seriam pelos tecidos. Você realmente precisa ser muito cauteloso. O que aconteceu na cidade quando você viu aquela pequena cantora confirma o que eu temia: o amor é perigosíssimo para você.

— Adorei ficar admirando sua boca.

— Não diga isso!

— Ela tem um jogo de covinhas bem variado, seu sorriso multiplica as combinações, então isso dá vontade de admirá-la mais longamente.

— Você não se dá conta, você leva na brincadeira. Mas é uma brincadeira incendiária, uma brincadeira perigosa, ainda mais quando se tem um coração de madeira. Suas engrenagens doem quando você tosse, não é?

— Doem.

— Pois bem, este é um sofrimento ridículo comparado aos que o amor pode engendrar. Todo o prazer e alegria que o amor pode proporcionar são cobrados mais dia menos dia em sofrimento. E quanto mais intensamente amamos, mais a dor futura será multiplicada. Você conhecerá a saudade, depois os tormentos do ciúme, da incompreensão, a sensação de rejeição e injustiça. Sentirá frio até os ossos, e seu sangue fabricará cubos de gelo que você sentirá correr sob sua pele. A mecânica do seu coração explodirá. Eu mesma enxertei esse relógio em você, conheço perfeitamente os limites de seu funcionamento. Talvez ele resista à intensidade do prazer, e um tantinho mais. Mas não é suficientemente sólido para resistir à mágoa do amor.

Madeleine esboça um sorriso triste — sempre um estranho fio desencapado, mas sem raiva dessa vez.

3

O mistério que cerca essa pequena cantora me deixa em polvorosa. Faço uma coleção de imagens mentais de seus longos cílios, de suas covinhas, de seu nariz perfeito e das ondulações de seus lábios. Cuido de sua lembrança como quem cuida de uma flor delicada. Isso ocupa dias inteiros.

Só penso numa coisa, reencontrá-la. Saborear de novo aquela inexprimível sensação, o mais rápido possível. Corro o risco de expelir pássaros pelo nariz? Desde que nasci vivem consertando essa minha engenhoca. Corro o risco de morrer? Talvez, mas estou em perigo de vida se não a revir, e, na minha idade, acho isso ainda mais grave.

Compreendo melhor por que a doutora fazia tanta questão de adiar meu confronto com o mundo exterior. Antes de conhecer o gosto, a gente não pede morangos com açúcar todo dia.

Certas noites, a pequena cantora também vem visitar meus sonhos. Hoje à noite, ela mede 2 centímetros, entra no buraco da fechadura do meu coração e monta no ponteiro das minhas horas. E me olha com seus olhos de corsa elegante. Mesmo dormindo, impressiona. Então começa a lamber delicadamente meu ponteiro dos minutos. Sinto-me polinizado, alguma coisa mecânica põe-se em marcha. Não tenho certeza de tratar-se apenas do meu coração... CLIC CLOC DONG! CLIC CLOC DING! Cuco miserável! Acordo bruscamente.

— *"Love is dangerous for your tiny heart even in your dreams, so please dream softly"* — me sussurra Madeleine. — Agora, durma...

Como se fosse fácil com um coração desses!

No dia seguinte, sou acordado em sobressalto por um martelo batendo. De pé numa cadeira, Madeleine prega um prego acima da minha cama. Parece superdeterminada com seu pedaço de lousa entre os dentes. É terrivelmente desagradável, como se o martelo penetrasse diretamente no meu crânio. Depois ela pendura a lousa, sobre a qual está sinistramente escrito:

Em primeiro lugar, não toque nos seus ponteiros. Em segundo lugar, controle sua raiva. Em terceiro, nunca, mas nunquinha mesmo, se apaixone. Pois, nesse caso, o grande ponteiro das horas transpassará para sempre sua pele no relógio de seu coração, seus ossos implodirão, e a mecânica do coração voltará a emperrar.

Essa lousa me aterroriza. Nunca mais precisei lê-la, mas decorei-a. Ela sopra um vento de ameaça por entre minhas engrenagens.

Porém, a despeito da fragilidade do relógio, a pequena cantora instalou-se nele confortavelmente. Espalhou suas malas de bigornas em todos os cantos, mas nunca me senti tão leve desde que a conheci.

Custe o que custar, preciso dar um jeito de reencontrá-la. Como se chama? Onde vê-la de novo? Sei apenas que sua vista não é lá essas coisas e que ela canta como os pássaros, mas com palavras. Só isso.

Procuro sondar discretamente os jovens casais que vêm para adotar. Ninguém me responde. Tento minha sorte com Arthur. "Já a ouvi cantar na cidade, mas faz um bom tempo que não a vejo." Talvez as garotas sejam mais inclinadas a me dar uma pista.

Anna e Luna são duas prostitutas que aparecem sempre na época do Natal, envergonhadas de suas barrigas arredondadas. Pela maneira como me respondem "não, não, não sabemos nada, não sabemos nada... não sabemos nada mesmo, Anna? Será que não sabemos absolutamente nada?", sinto que estou na pista certa.

Parecem duas velhas meninas. Aliás, é o que são, duas meninas de 30 anos com disfarces justos de estampa de leopardo. Suas roupas sempre exalam um estranho perfume de ervas provençais, mesmo quando elas não fumam. Aqueles cigarros que lhes propiciam uma espécie de aura de bruma parecem fazer cócegas em seus cérebros, de tal maneira riem. Seu passatempo favorito consiste em me ensinar palavras novas. Nunca me revelam seu sentido, mas se empenham para que eu as pronuncie perfeitamente. Entre todos os nomes maravilhosos que elas me ensinam, o meu preferido continua a ser "cunilingus". Imagino um herói da Roma antiga. Cunilingus. Tenho que repetir várias vezes, Cu-ni-lin-gus, Cunilingus, Cunilingus. Que palavra fantástica!

Anna e Luna nunca aparecem de mãos vazias. Sempre um buquê de flores surrupiadas do cemitério, ou a casaca de um cliente falecido durante um coito. Deram-me um hamster de aniversário. Batizei-o de "Cunilingus". Acho que ficaram comovidíssimas por eu tê-lo batizado assim. "Cunilingus, meu amor!", cantarola sempre Luna batendo nas barras da gaiola dele com a ponta de suas unhas pintadas.

Anna é uma grande rosa murcha de olhar arco-íris cuja pupila esquerda, um quartzo instalado por Madeleine para substituir seu olho furado por um mau pagador, muda de cor de acordo com o clima. Fala muito rápido, como se o silêncio lhe desse medo. Quando lhe pergunto pela pequena cantora, ela me responde: "nunca ouvi falar!". Ao pronunciar essa frase, sua dicção torna-se ainda mais veloz do que já o é. Sinto que arde de vontade de me revelar um segredo. Aproveito-me disso para fazer perguntas genéricas sobre o amor: bem baixinho, pois realmente não faço questão de que Madeleine se intrometa.

— Meu caro, trabalho com o amor há muito tempo. Nem sempre recebi muito, mas o simples fato de dar me deixa feliz, às vezes. Não sou uma boa profissional. Apaixono-me assim que um cliente torna-se assíduo e começo a recusar o dinheiro. Segue-se um período em que eles vêm todos os dias, quase sempre com presentes. Mas terminam se cansando. Sei que eu não deveria me exaltar, mas não consigo evitar. Há sempre um momento simultaneamente ridículo e agradável em que acredito no impossível.

— No impossível?

— Não é fácil viver com um coração de manteiga derretida com um tipo de trabalho como o meu, você compreende.

— Acho que compreendo.

E depois tem Luna, loura cintilante, imagem préhistórica de cantora sensual, com seus gestos lentos e sorriso alquebrado, equilibrando-se sobre agulhíssimos saltos. Sua perna direita congelou parcialmente no dia mais frio do mundo. Madeleine substituiu-a por uma prótese de mogno com um porta-seios desenhado em pirogravura. Ela me lembra a pequena cantora, mesmo sotaque de rouxinol, mesma espontaneidade.

— Você não conheceria uma pequena cantora com um jeito de falar igual ao seu e que esbarra em todo lugar? — insinuo-lhe às vezes.

Ela faz cara de sonsa e muda de assunto. Imagino que Madeleine fez as duas prometerem nada me revelar a respeito da pequena cantora.

Um belo dia, cansada de ignorar minhas incessantes perguntas, ela me responde:

— Não sei de nada a respeito da pequena andaluza...

— O que é *andaluza*?

— Não falei nada, não falei nada, o problema é da Anna.

— A Anna não sabe nada...

Arrisco a cartada de pôquer do menino triste, cabeça baixa, olhos semicerrados.

— Pelo que vejo, já aprendeu alguns rudimentos de sedução — emenda Anna. — Não vai contar a ninguém?

— Não, claro que não!

Ela começa a sussurrar, suas palavras mal são audíveis:

— Sua pequena cantora vem de Granada, *Andalucia*, muito longe daqui. Faz muito tempo que não a ouço cantar na cidade. Talvez ela tenha voltado para lá, para a casa dos avós...

— A não ser que ela simplesmente esteja na escola — acrescenta Anna com sua voz de 33 rotações passada para 45.

— Obrigado!

— Schhh.... *calla té*! — responde Luna, que dispara a falar sua língua natal quando fica nervosa.

Meu sangue crepita, rejubilo-me. Um arroubo de pura alegria. Meu sonho cresce como uma torta no forno, acredito que esteja pronto para sua passagem à realidade. Amanhã, tomo impulso do topo da colina, desfraldo a vela grande e lanço âncoras na escola!

Só que antes disso vou precisar convencer Madeleine.

— Escola? Mas você vai se encher! Terá que ler livros chatos, enquanto aqui escolhe o que quer... Terá que ficar sentado longas horas sem se mexer e será proibido de falar, de fazer barulho. Até para sonhar, terá que esperar o recreio. Conheço você, vai detestar isso.

— É, pode ser, mas tenho curiosidade de saber o que se aprende na escola.

— Estudar?

— É, é isso. Quero estudar. Aqui, sozinho, não dá.

Um tremendo campeonato de má-fé de ambos os lados. Equilibrando-se entre a vontade de rir e de ficar com raiva.

— Você faria melhor se começasse por recapitular o que está escrito na sua lousa, acho que se esqueceu um pouco rápido demais. Tenho medo do que possa acontecer com você por lá.

— Todo mundo vai à escola. Quando você está trabalhando, sinto-me solitário no topo da colina, gostaria de conhecer gente da minha idade também. Preciso descobrir o mundo agora, você entende...

— Descobrir o mundo na escola... (Longo suspiro.) Tudo bem. Se quer ir à escola, não vou proibi-lo — terminou dizendo Madeleine, com a morte na alma.

Faço tudo que posso para conter minha alegria. Seria inconveniente se eu me pusesse a dançar levantando os braços.

Afinal, chega o dia tão esperado. Visto um terno preto que me dá o aspecto de um adulto a despeito dos meus 11 anos. Madeleine me aconselhou a nunca tirar o paletó, nem na sala de aula, para ninguém descobrir meu relógio.

Antes de sair, tive o cuidado de enfiar na minha pasta alguns pares de óculos que peguei na oficina. Eles ocupam mais espaço que os cadernos. Instalei Cunilingus no bolso esquerdo da minha camisa, logo acima do relógio. Ele às vezes bota a cabeça para fora com uma cara de hamster satisfeito.

— Fique de olho para ele não morder ninguém! — brincam Anna e Luna descendo a colina.

Arthur, que manca algumas rochas atrás de nós, range silenciosamente.

A escola fica situada no burguesíssimo bairro de Calton Hill, bem defronte da catedral St Gilles. Em frente à entrada, é o país dos casacos de pele. Parece que todas as mulheres se disfarçaram de gordas galinhas de plástico — cacarejando agudamente. Observam com um olhar desdenhoso o passo arrastado de Arthur e a protuberância que incha meu pulmão esquerdo. Seus maridos, acondicionados em ternos, têm o aspecto de abóbadas que se teriam posto a andar. Fazem uma cara de escandalizados diante de nossa pequena tribo bizarra mas não deixam de dar aquela olhadinha para os decotes das duas garotas.

Depois de me despedir rapidamente da minha família improvisada, atravesso o imenso portão — parece que me matricularam numa escola para gigantes. O pátio está impossível de atravessar, embora a colunata, que exerce a função de traves de futebol, pareça, por sua vez, bastante acolhedora.

Avanço pelo pátio. Meus olhos estudam as fisionomias. Os alunos são versões miniaturizadas de seus pais. Dá para ouvir meu relógio através dos cochichos. Olham para mim como se eu tivesse uma doença contagiosa. De repente, uma moreninha se planta diante de mim, me encara e começa a fazer "tique, taque, tique, taque", rindo. O pátio repete em coro. Isso me provoca o mesmo efeito de quando as famílias vêm escolher crianças para adotar no topo da colina — mas pior. Em vão me demoro em cada rosto feminino, nada da pequena cantora. E se Luna estivesse errada?

Entramos na sala de aula. Madeleine tinha razão, entedio-me como nunca me entediei na vida. Merda de escola sem pequena cantora... e aqui estou eu matriculado para o ano escolar. Como dizer a Madeleine que agora não quero mais "estudar"?

Durante o recreio começo minha busca perguntando se alguém conhece a pequena cantora Andalucia que esbarra o tempo todo em tudo que é canto. Ninguém responde.

— Ela não é desta escola aqui?

Nenhuma resposta.

Será que lhe aconteceu alguma coisa de grave? Será que levou um tombo mais sério?

Um sujeito estranho sai então da fileira. É mais velho que os demais, e seu cocuruto quase ultrapassa a colunata. À sua visão, os outros alunos abaixam imediatamente os olhos. Seu olhar de azeviche me congela. É magro como uma árvore morta, elegante como um espantalho vestido por um grande costureiro, e seu chapéu parece confeccionado à base de asas de corvo.

— Você aí! Novato! O que deseja com a pequena cantora?

Sua voz grave lembra a de uma lápide que tivesse entrado numa de falar.

— Um dia, eu a vi cantar e tropeçar. Gostaria de lhe dar um par de óculos.

Minha voz é um balido. Pareço ter 130 anos.

— Ninguém fala comigo assim de Miss Acácia e de seus óculos! Ninguém, está me entendendo, muito menos um tampinha como você. Nunca mais mencione o nome dela! Ouviu bem, tampinha?

Não respondo. Um murmúrio se ergue: "Joe..." Cada segundo pesa como chumbo. De repente, ele espicha o ouvido para mim e pergunta:

— Como é que você faz esse tique-taque bizarro?

Minha resposta é o silêncio.

Ele se aproxima lentamente e arqueia sua comprida carcaça para encostar o ouvido no meu coração. Meu relógio palpita. É como se o tempo tivesse parado. Sua barba incipiente me espeta como arame farpado no peito. Cunilingus aponta seu focinho e fuça o cocuruto de Joe. Se ele mijar, a coisa vai se complicar.

De repente, Joe arranca o botão do meu casaco, revelando os ponteiros que atravessam minha camisa. A multidão de curiosos faz "Oooh..." Fico mais encabulado do que se ele tivesse abaixado minha calça. Ele escuta meu coração por um longo momento e se apruma em câmera lenta.

— É seu coração que faz esse barulhão?

— É.

— Está apaixonado por ela, não é?

Sua voz profunda e sentenciosa distribui arrepios a cada um de meus ossos.

Meu cérebro quer dizer "não, não...", mas meu coração, como sempre, está mais diretamente conectado aos meus lábios.

— É, acho que estou apaixonado por ela.

Os alunos murmuram novamente "OOooh..." Um fulgor de melancolia ilumina a raiva no fundo dos olhos de Joe, o que o deixa ainda mais medonho. Com um simples olhar, obtém silêncio no pátio. Até o vento parece obedecer-lhe.

— A "pequena cantora", como você diz, é o amor da minha vida e... ela não está mais aqui. Nunca volte a tocar nesse assunto! Que eu não te ouça nem sequer pensar, senão espatifo na sua cabeça o relógio que lhe serve de coração. Eu arrebento você, ouviu bem?

Sua raiva faz seus dedos compridos tremerem, mesmo quando ele fecha o punho.

Há apenas algumas horas, eu tomava meu coração por um navio capaz de singrar um oceano de obstáculos. Eu sabia que ele não era o mais sólido do mundo, mas acreditava no poder do meu entusiasmo. Eu ardia de uma alegria tão intensa diante da ideia de encontrar a pequena cantora que nada seria capaz de me deter. Em não mais que cinco minutos, Joe acaba de acertar meu relógio pela hora da realidade, transformando meu pequeno navio numa velha canoa furada.

— Arrebento você de um jeito que você NUNCA mais será capaz de amar!

— Cuco! — Responde minha casca de noz.

Minha voz, por sua vez, sai aos arrancos, como se eu tivesse recebido um soco na barriga.

Enquanto subo a colina de volta, pergunto-me como um pintassilgo de óculos tão encantador pôde cair nas garras de um abutre como Joe. Irrito-me ao pensar que minha pequena cantora talvez fosse à escola sem óculos. Onde estará agora?

Uma dama de uns 40 anos interrompe meus devaneios inquietos. Segura Joe com firmeza pela mão — a menos que seja o contrário, visto o tamanho do abutre. Parece com ele, é uma versão atenuada com bunda de elefante.

— É você que mora na casa da bruxa lá de cima? Então sabe que ela faz as crianças saírem da barriga das putas! Você deve ter saído da barriga de uma puta também, afinal todo mundo sabe que a velha é estéril há muito tempo.

Quando adultos se intrometem, um novo limiar de feiura é sempre transposto.

multidão de curiosos faz "Oooh..." Fico mais encabulado do que se ele tivesse abaixado minha calça. Ele escuta meu coração por um longo momento e se apruma em câmera lenta.

— É seu coração que faz esse barulhão?

— É.

— Está apaixonado por ela, não é?

Sua voz profunda e sentenciosa distribui arrepios a cada um de meus ossos.

Meu cérebro quer dizer "não, não...", mas meu coração, como sempre, está mais diretamente conectado aos meus lábios.

— É, acho que estou apaixonado por ela.

Os alunos murmuram novamente "OOooh..." Um fulgor de melancolia ilumina a raiva no fundo dos olhos de Joe, o que o deixa ainda mais medonho. Com um simples olhar, obtém silêncio no pátio. Até o vento parece obedecer-lhe.

— A "pequena cantora", como você diz, é o amor da minha vida e... ela não está mais aqui. Nunca volte a tocar nesse assunto! Que eu não te ouça nem sequer pensar, senão espatifo na sua cabeça o relógio que lhe serve de coração. Eu arrebento você, ouviu bem?

Sua raiva faz seus dedos compridos tremerem, mesmo quando ele fecha o punho.

Há apenas algumas horas, eu tomava meu coração por um navio capaz de singrar um oceano de obstáculos. Eu sabia que ele não era o mais sólido do mundo, mas acreditava no poder do meu entusiasmo. Eu ardia de uma alegria tão intensa diante da ideia de encontrar a pequena cantora que nada seria capaz de me deter. Em não mais que cinco minutos, Joe acaba de acertar meu relógio pela hora da realidade, transformando meu pequeno navio numa velha canoa furada.

— Arrebento você de um jeito que você NUNCA mais será capaz de amar!

— Cuco! — Responde minha casca de noz.

Minha voz, por sua vez, sai aos arrancos, como se eu tivesse recebido um soco na barriga.

Enquanto subo a colina de volta, pergunto-me como um pintassilgo de óculos tão encantador pôde cair nas garras de um abutre como Joe. Irrito-me ao pensar que minha pequena cantora talvez fosse à escola sem óculos. Onde estará agora?

Uma dama de uns 40 anos interrompe meus devaneios inquietos. Segura Joe com firmeza pela mão — a menos que seja o contrário, visto o tamanho do abutre. Parece com ele, é uma versão atenuada com bunda de elefante.

— É você que mora na casa da bruxa lá de cima? Então sabe que ela faz as crianças saírem da barriga das putas! Você deve ter saído da barriga de uma puta também, afinal todo mundo sabe que a velha é estéril há muito tempo.

Quando adultos se intrometem, um novo limiar de feiura é sempre transposto.

Apesar do meu silêncio obstinado, Joe e sua mãe continuam a me insultar durante boa parte do trajeto. Alcanço o topo da colina com dificuldade. Relógio miserável e sonhador! Bem que eu te jogaria na cratera de Arthur's Seat.

Esta noite, Madeleine em vão canta para eu dormir, não funciona. Quando resolvo falar de Joe, ela me explica que talvez ele tenha me tratado assim para existir aos olhos dos outros, que ele não é necessariamente mau. Provavelmente ele também se derrete pela pequena cantora. A mágoa de amor pode transformar as pessoas em monstros de tristeza. Sua indulgência por Joe me irrita. Ela me beija no mostrador e reduz meu ritmo cardíaco apertando as engrenagens com o indicador. Acabo fechando os olhos, sem sorrir.

4

Passa-se um ano durante o qual Joe gruda em mim como se estivesse imantado em meus ponteiros, me moendo com socos no relógio na frente de todo mundo. Às vezes me dá vontade de lhe arrancar sua cabeleira cor de corvo, mas sofro suas humilhações sem chiar, com um cansaço cada vez maior. Minha procura pela pequena cantora continua infrutífera. Ninguém ousa responder às minhas perguntas. Na escola, é Joe quem dita a lei.

Hoje, no recreio, tiro o ovo de Arthur das mangas do meu suéter. Tento encontrar Miss Acácia pensando nela com todas as minhas forças. Esqueço Joe, esqueço até que estou nessa porcaria de escola. À medida que acaricio o ovo, um belo sonho se insinua sob a tela de minhas pálpebras. A casca do ovo racha e a pequena cantora aparece, o corpo revestido de penas velhas. Eu a seguro entre o polegar e o indicador, tenho medo de esmagá-la e, ao mesmo tempo, de que ela se vá. Um delicado incêndio inicia-se entre meus dedos, seus olhos se abrem quando de repente meu crânio faz "crac!".

A gema do ovo escorre sobre minhas faces, como se meu sonho se esvaísse pelos canais lacrimais. Joe avista a cena, pedaços de casca entre os dedos. Todo mundo ri, alguns chegam a aplaudir.

— Da próxima vez, vai ser o seu coração que eu vou esmigalhar na sua cabeça.

Na sala de aula, todo mundo se diverte com os pedaços de casca de ovo espetados nos meus cabelos. Pulsões de vingança começam a me fazer cócegas. As fadas dos meus sonhos se dissipam. Passo quase ao mesmo tempo a detestar Joe e amar Miss Acácia.

As humilhações de Joe prosseguem dia após dia. Virei o joguete no qual ele descarrega sua irritação; sua melancolia, também. Em vão reguei assiduamente as flores da minha recordação da pequena cantora, elas começam a se ressentir da falta do sol.

Madeleine faz de tudo para me reconfortar, mas continua sem querer ouvir falar de assuntos do coração. Arthur quase não tem mais recordações na sua bolsa e canta cada vez menos.

Na noite do meu aniversário, Anna e Luna vêm me fazer a mesma surpresa de todos os anos. Como sempre, divertem-se em passar perfume em Cunilingus, mas, dessa vez, Luna exagera um pouco na dose. O hamster se enrijece num espasmo e cai, durinho da silva. A visão do meu fiel companheiro estendido em sua gaiola me enche de tristeza. Um longo "cuco" escapa do meu peito.

À guisa de consolo, consigo de Luna uma aula de geografia sobre a Andaluzia. Ah, *Andalucia*... Se pelo menos eu tivesse certeza de que Miss Acácia estava lá, eu partiria num piscar de olhos!

Quatro anos se passaram desde o meu encontro com a pequena cantora e quase três anos desde o início da minha escolaridade. Procuro-a por toda parte e não a encontro. Minhas recordações apagam-se pouco a pouco sob o peso do tempo.

Na véspera do último dia de escola, vou me deitar com uma sensação amarga. Hoje à noite, não pregarei o olho. Penso obsessivamente no que pretendo fazer amanhã e apenas cochilo. Porque dessa vez está decidido, empreendo minha conquista do Oeste amoroso. Só me falta saber onde está a pequena cantora neste momento. A única pessoa capaz de responder a essa pergunta é Joe. Contemplo a aurora decalcar as sombras ao som do meu tique-taque.

Estamos em 27 de junho, no pátio da escola, e o céu está azul, tão azul que nos julgaríamos em qualquer lugar menos em Edimburgo. Uma nova noite às claras deixou meus nervos aguçados.

Vou direto até Joe, mais do que determinado. Antes mesmo que eu lhe dirija a palavra, ele agarra o colarinho da minha camisa e me levanta. Meu coração range, minha raiva extravasa, o cuco apita. Joe instiga a multidão de alunos que nos cerca.

— Tire a camisa e mostre-nos um pouquinho do que você tem nas vísceras. Queremos ver sua geringonça fazendo tique-taque.

— É isso aí!!! — responde a massa.

Ele arranca minha camisa com o braço e enfia as unhas no meu mostrador.

— Como se abre isso?

— Precisa de uma chave.

— Me dê essa chave!

— Não está comigo, está na minha casa, agora me largue!

Ele engancha a unha do seu dedinho na fechadura e fica tenteando. O mostrador termina por ceder.

— Está vendo como não precisa de chave! Quem quer mexer lá dentro?

Uns depois dos outros, alunos que nunca me dirigiram a palavra se sucedem para puxar os ponteiros ou acionar minhas engrenagens sem olhar para mim. Estão me machucando! O cuco soluça e não para mais. Eles aplaudem e riem. O pátio inteiro repete em coro: "Cuco-cuco-cuco-cuco!"

Neste exato instante, alguma coisa borbulha no meu cérebro. Os sonhos anestesiados há anos, a raiva contida, as humilhações, tudo isso se comprime contra a eclusa. A represa está prestes a ceder. Não consigo segurar mais nada.

— Onde está Miss Acácia?

— Não entendi muito bem o que você disse — responde Joe torcendo o meu braço.

— Onde ela está? Diga-me onde ela está! Aqui ou na Andaluzia, eu a encontrarei, deu pra entender?!

Joe me imprensa no chão e me imobiliza de bruços. Meu cuco se esgoela, tenho uma sensação de fogo no esôfago, alguma coisa se transforma dentro de mim. Violentos espasmos sacodem meu corpo a cada três segundos. Joe vira-se triunfalmente.

— Então quer dizer que está de partida para a Andaluzia? — diz Joe trincando os dentes.

— Isso mesmo, estou de partida. E vou hoje mesmo.

Meus olhos exorbitam, minha voz exorbita, meus movimentos exorbitam. Viro uma foice viva capaz de ceifar qualquer coisa e qualquer um.

Imitando um cão fuçando um cocô, Joe aproxima seu nariz do meu relógio. O pátio inteiro cai na risada. Isso é demais! Agarro-o pela nuca e projeto seu rosto contra meus ponteiros. Seu crânio acaba de se chocar violentamente contra a madeira do meu coração. Os aplausos cessam na mesma hora. Desfiro-lhe um segundo golpe, mais violento, depois um terceiro. De repente, o tempo parece parar. Eu queria ter a fotografia desse instante preciso. Os primeiros uivos da plateia atravessam o silêncio, enquanto os primeiros esguichos de sangue respingam nas roupas engomadinhas dos puxa-sacos da primeira fila. Quando o ponteiro das horas perfura a pupila do seu olho direito, sua órbita transforma-se num poço de sangue. Todo o pavor de Joe concentra-se no olho esquerdo que contempla o feixe de seu próprio sangue. Afrouxo seu pescoço, Joe grita como um cãozinho cuja pata tivéssemos esmagado. O sangue escorre por entre seus dedos. Não sinto um pingo de pena. Um silêncio se instala, cada vez mais longo.

Meu relógio me queima, mal consigo encostar nele. Joe não se mexe mais. Talvez esteja morto. Eu queria apenas que ele parasse de limpar os pés no capacho dos meus sonhos, mas não a ponto de lhe desejar a morte. Começo a ficar com medo. Colares de gotas de sangue vibram no céu. Em volta, os alunos viraram estátuas. Talvez eu tenha matado Joe. Eu nunca imaginaria temer pela morte de Joe.

Parto para a fuga, atravessando o pátio com a impressão de que o mundo inteiro está no meu encalço. Escalo a coluna esquerda da colunata para alcançar o telhado da escola. A consciência do meu ato me congela o sangue. Meu coração produz os mesmos sons de quando recebi o dardo cor-de-rosa da pequena cantora. Em cima do telhado, avisto o cume da colina rasgando a neblina. *Ah, Madeleine, você vai ficar furiosa...*

Um enxame de aves migratórias estaciona acima de mim, como que pousadas numa prateleira de nuvens. Eu queria me agarrar às suas asas, me extirpar da terra; eliminados os problemas mecânicos do meu coração, tudo se apagaria! Oh, aves, pousem-me nos braços da Andaluza, preciso me situar!

Mas as aves são inalcançáveis para mim, como o chocolate nos armários, os frascos de lágrimas no porão, meu sonho de pequena cantora quando é preciso escalar Joe. E, se o matei, a coisa fica ainda mais complicada. Meu relógio me dói cada vez mais. Madeleine, você vai ter trabalho.

Preciso fazer o tempo voltar. Agarro o ponteiro das horas ainda quente de sangue e com um golpe seco puxo-o no sentido anti-horário.

Minhas engrenagens rangem, a dor é insuportável. Nada acontece. Ouço gritos, eles vêm do pátio. Joe resiste com seu olho direito. Fico quase sossegado ao ouvir seus ganidos de cãozinho atropelado.

Um professor se intromete, ouço as crianças me delatando, todos os olhares varrem o pátio como radares. Tomado de pânico, rolo pelo telhado e pulo para a primeira árvore que vejo. Esfolo os braços nos galhos e me estabaco no chão. A adrenalina me dá asas, minhas pernas nunca tiveram tanta pressa de me levar de volta ao topo da colina.

— Foi tudo bem hoje na escola? — pergunta Madeleine, arrumando suas compras no armário da cozinha.

— Sim e não — respondo, tremendo da cabeça aos pés.

Ela ergue os olhos na minha direção, vê meu ponteiro das horas todo torto e me encara com seu olhar reprovador:

— Encontrou a pequena cantora, não foi? A última vez que voltou com o coração em frangalhos foi quando a ouviu cantar.

Madeleine fala comigo como se eu voltasse com as botinas arrebentadas de tanto jogar futebol.

Enquanto ela tenta endireitar meu ponteiro com a ajuda de um alicate, começo a lhe contar sobre a briga. A essa evocação, meu coração volta a palpitar.

— O que você fez foi uma tolice!

— Será que posso voltar o curso do tempo invertendo o sentido dos meus ponteiros?

— Não, vai forçar suas engrenagens e sentir uma dor do capeta. Mas nada é capaz disso. É impossível retroceder no tempo até os nossos atos passados, mesmo com um relógio no coração.

Eu esperava uma espinafrada daquelas por causa do olho furado de Joe. Mas não adiantou Madeleine fingir contrariedade, não conseguiu totalmente. E se sua voz está esganiçada, é mais de preocupação que de raiva. Como se ela achasse menos grave furar o olho de um brucutu do que se apaixonar.

Oh When the Saints... ressoou subitamente. Uma visita de Arthur em hora tão tardia não está entre seus hábitos.

— Um fiacre cheio de policiais está subindo a colina, parecem superdecididos — ele disse, arfante.

— Tenho que dar no pé, estão vindo me pegar por causa do olho de Joe.

Um buquê de emoções díspares crava-se na minha garganta; a perspectiva, rósea, de encontrar a pequena cantora mistura-se ao medo de escutar meu coração batendo contra as grades de uma cela. Mas tudo isso é afogado por uma ressaca de melancolia. Chega de Arthur, de Anna, de Luna e, principalmente, chega de Madeleine.

Cruzarei com alguns olhares tristes durante a minha vida, mas o que Madeleine me dirige nesse momento permanecerá — ao lado de um outro — um dos mais tristes que conheci.

— Arthur, vá procurar Anna e Luna e tente achar um fiacre. Jack deve deixar a cidade o mais rápido possível. Eu fico aqui para receber a polícia...

Arthur lança-se na noite, mancando o mais rápido possível a fim de alcançar tão logo o sopé da colina.

— Vou preparar umas coisas, você tem que sumir daqui em menos de dez minutos.

— O que vai dizer?

— Que você não voltou. E daqui a uns dias direi que você sumiu. No fim de um certo tempo irão declará-lo morto e Arthur me ajudará a cavar seu túmulo ao pé de sua árvore preferida, ao lado de Cunilingus.

— O que vão colocar nesse caixão?

— Não haverá caixão, apenas um epitáfio gravado na árvore. A polícia não irá verificar. É a vantagem de ser considerada feiticeira, eles não vão bisbilhotar os meus túmulos.

Madeleine prepara uma trouxa para mim cheia de frascos de suas lágrimas e algumas roupas. Não sei o que fazer para ajudá-la. Eu poderia dizer palavras importantes, ou dobrar minhas cuecas, mas permaneço espetado igual um prego no assoalho.

Ela esconde a cópia das chaves do meu coração em minha casaca para que eu possa me acertar em qualquer circunstância. Depois espalha umas panquecas embrulhadas em papel de pão aqui e ali na bolsa e esconde algumas libras nos bolsos das minhas calças.

— Vou levar tudo isso!

Tento dar uma de adulto, ainda que todas essas atenções me comovam profundamente. À guisa de resposta, tenho direito ao seu famoso sorriso cheio de fios desencapados. Em todas as situações, das mais jocosas às mais trágicas, ela tem sempre que preparar uma coisa para comer.

Sento em cima da bolsa para fechá-la direito.

— Não se esqueça, assim que se instalar num lugar fixo, de entrar em contato com um relojoeiro.

— Você quer dizer um médico!

— Não, não, não, isso de jeito nenhum! Nunca consulte um médico por um problema no coração. Ele não entenderia bulhufas. Você precisa de um relojoeiro para acertá-lo.

Tenho vontade de lhe falar do meu amor e da minha gratidão, mil palavras se atropelam na minha língua, mas recusam-se a atravessar o umbral dos meus lábios. Restam-me os braços, tento então transmitir essa mensagem abraçando-a com todas as minhas forças.

— Cuidado, você vai enguiçar o relógio se nos abraçarmos muito forte! — diz ela com sua voz ao mesmo tempo doce e alquebrada. — Agora você tem de ir, eu não gostaria que o encontrassem aqui.

O abraço se afrouxa. Madeleine abre a porta. Ainda estou dentro de casa e já sinto frio.

Deixo cair um frasco inteiro de lágrimas enquanto deixo para trás esse caminho que conheço tão bem. Isso torna minha bolsa mais leve, mas não meu coração. Devoro as panquecas, minha barriga se dilata e fica igual à de uma mulher grávida.

Vejo os policiais atravessando a outra vertente do antigo vulcão. Joe e sua mãe estão com eles. Estremeço num misto de medo e euforia.

Um fiacre nos espera no sopé de Arthur's Seat. Ele se destaca da luz dos postes como um pedaço de noite. Anna, Luna e Arthur instalam-se rapidamente no interior. O cocheiro, bigodudo até as sobrancelhas, instiga seus cavalos com sua voz de cascalho. Com a cara grudada no vidro, observo Edimburgo desintegrar-se na bruma.

Os *lochs* estiram-se de colina em colina, dando-me uma noção do tamanho da minha viagem. Arthur ronca como uma locomotiva a vapor, Anna e Luna batem cabeça. Parecem irmãs siamesas. O tique-taque do meu relógio ressoa no silêncio da noite. Percebo que todo esse mundinho irá embora sem mim.

Ao raiar do dia, a melodia extravagante de *Oh When the Saints...* me desperta. Nunca a ouvira cantada tão lentamente. O fiacre chegou à estação.

— Chegamos! — diz Anna.

Luna bota no meu colo uma velha gaiola de passarinho.

— É um pombo-correio que um cliente romântico me deu de presente já faz uns anos. É uma ave muito bem adestrada. Escreva para nos dar notícias. Enrole suas cartas em volta de sua pata esquerda, ele nos entregará a mensagem. Poderemos nos comunicar, ele o encontrará onde quer que esteja, até na Andaluzia, país onde as mulheres olham direto nos olhos! Boa sorte, *pequeñito* — acrescenta, dando-me um abraço apertado.

5

Jack,

Esta carta está muito pesada, tão pesada que me pergunto se o pombo vai conseguir voar com estas notícias.

Hoje de manhã, quando Luna, Anna e eu chegamos ao topo da colina, a porta da casa estava entreaberta, mas não havia ninguém. A oficina estava arrasada, como se um furacão tivesse acabado de passar. Todas as caixas de Madeleine estavam abertas, até o gato tinha sumido.

Saímos à procura de Madeleine. Finalmente a encontramos na prisão de St Calford. Durante os poucos minutos em que fomos autorizados a vê-la, ela nos explicou que a polícia a tinha prendido minutos após a nossa partida, acrescentando que não precisávamos nos preocupar, que não era a primeira vez que a encarceravam, que tudo ia entrar nos eixos.

Eu queria poder escrever que ela foi libertada, queria dizer que enquanto ela prepara a comida com uma das mãos conserta alguém com a outra e que, apesar

59

da saudade que sente de você, ela vai indo bem. Mas ontem à noite Madeleine partiu. Partiu para uma viagem que ela programou mas da qual jamais poderá voltar. Ela deixou o corpo na prisão e seu coração se libertou. Mesmo na sua tristeza mais profunda, nunca se esqueça de que você lhe deu a alegria de ser uma verdadeira mãe. Era o maior sonho de sua vida.

É nessas circunstâncias que ficaremos aguardando notícias suas pelo pombo. Tomara que essa ave diabólica chegue rápido. Imaginar que você julga Madeleine ainda viva é insuportável para nós. Vou tentar não reler muito esta carta, senão corro o risco de nunca vir a ter coragem de enviá-la.

Anna, Luna e eu te desejamos a coragem necessária para superar essa nova provação.

Com todo o nosso amor.

Arthur

PS: E nunca se esqueça. Oh When the Saints!

Quando entro em pânico, a mecânica do meu coração descarrila a ponto de eu me tomar por uma locomotiva a vapor cujas rodas decolam nas curvas. Viajo nos trilhos do meu próprio medo. De que tenho medo? De você, enfim, de mim sem você. O vapor, pânico mecânico do meu coração, transpira sob os trilhos. Ah, Madeleine, como você me mantinha agasalhado. Nosso último abraço continua quente, mas já sinto o frio que sentiria se não a houvesse encontrado naquele dia mais frio do mundo.

O trem resfolega num estrépito lancinante. Eu gostaria de voltar no tempo para depositar o calhambeque do meu coração no topo de seus braços. Os ritmos sincopados do trem me deixam um pouco alvoroçado, o que aprenderei a evitar da próxima vez, mas agora tenho pipoca no coração. Ah, Madeleine, ainda não deixei as sombras de Londres e já bebi todas as suas lágrimas! Ah, Madeleine, prometo que na próxima parada vou consultar um relojoeiro. Você vai ver, regressarei em bom estado, enfim só um pouquinho desregulado para que você possa novamente exercer em mim seus talentos de consertadora.

Quanto mais o tempo passa, mais esse trem me assusta, seu coração arfante e crepitante parece tão destrambelhado quanto o meu. Ele também deve estar terrivelmente apaixonado pela locomotiva que o faz avançar. A menos que, como eu, ele carregue a melancolia do que deixa atrás de si.

Sinto-me solitário no meu vagão. As lágrimas de Madeleine formaram um turbilhão sob meu crânio. Preciso vomitar ou falar com alguém. Percebo um sujeito alto apoiado na janela, escrevendo alguma coisa. De longe, sua silhueta lembra a de Arthur, mas quanto mais me aproximo mais essa impressão se dilui. Afora as sombras que ele projeta, não há ninguém à sua volta. Bêbado de solidão, interpelo-o assim mesmo:

— O que está escrevendo, cavalheiro?

O homem se sobressalta e esconde o rosto sob seu braço esquerdo.

— Sentiu medo de mim?

— Você me deu um susto, é diferente.

Ele continua a escrever, caprichando como se pintasse um quadro. Sob meu crânio, o turbilhão acelera seu ritmo.

— O que deseja, garoto?

— Desejo seduzir uma mulher na Andaluzia, mas sou uma negação em matéria de amor. As mulheres que conheci nunca quiseram me ensinar sobre o assunto e me sinto muito sozinho neste trem... Quem sabe não poderia me ajudar?

— Veio bater na porta errada, garoto! Não tenho muito talento para o amor... pelo menos com as vivas, em todo caso. Não, com as vivas realmente a coisa nunca funcionou.

Começo a sentir calafrios. Leio por cima do seu ombro, o que parece irritá-lo.

— Essa tinta vermelha...

— É sangue! Agora suma daqui, garoto, vá!

Ele copia a mesma frase metodicamente, em vários pedaços de papel: "Seu humilde criado, Jack o Estripador."

— Temos o mesmo prenome, não acha que é um bom sinal?

Ele dá de ombros, meio sem jeito por eu não ter ficado muito impressionado com aquilo. O apito da locomotiva esgoela-se ao longe, a neblina atravessa as janelas. Estou tiritando agora.

— Suma daqui, garoto!

Bate violentamente no chão com o calcanhar esquerdo, como se quisesse enxotar um gato. Não sou um gato, mas a coisa causa certo efeito em mim. O barulho de sua bota rivaliza com o do trem. O homem volta-se para mim, os traços de sua fisionomia afiaram-se como navalhas.

— Suma imediatamente!

A fúria do seu olhar me lembra Joe, ela telecomanda o tremor de minhas pernas. Ele se aproxima de mim, cantarolando:

— Venham, brumas! Façam explodir seus trens mal-assombrados, posso fabricar para vocês fantasmas de mulheres sublimes, louras ou morenas a serem recorta-das na neblina...

Sua voz torna-se um estertor.

— Posso estripá-las sem sequer assustá-las... e assinar seu humilde criado, Jack o Estripador! Não tenha medo, garoto, você aprenderá bem rápido a assustar para exis-tir! Não tenha medo, garoto, você logo aprenderá a as-sustar para existir...

Meu coração e meu corpo se empolgam e dessa vez não se trata de amor. Atravesso correndo os corredores do trem. Ninguém. O Estripador me persegue, quebran-do os vidros de todas as janelas com um cutelo. Um cor-tejo de aves negras engolfa-se no vagão e envolve meu perseguidor. Ele avança mais rápido andando do que eu correndo. Outro vagão. Ninguém. O estrépito de seus passos aumenta, as aves se multiplicam, saem de seu pa-letó, de seus olhos, lançam-se sobre mim. Pulo por cima dos assentos para colocar alguma distância entre nós. Volto-me, os olhos de Jack iluminam o trem inteiro, as aves me alcançam, a sombra de Jack o Estripador, a porta da locomotiva na alça de mira. Jack vai me estripar! Ah, Madeleine! Sequer ouço mais pulsar meu relógio, que me espeta até na barriga. Sua mão esquerda agarra meu ombro. Ele vai me matar, ele vai me matar e nem tive tempo de me apaixonar!

O trem parece reduzir a velocidade, entra numa estação.

— Não tenha medo, garoto, logo aprenderá a assustar para existir! — repete pela última vez Jack o Estripador guardando sua arma.

Tremo de pavor. Ele então desce o estribo do trem e se evapora através da multidão de passageiros que esperam na plataforma.

Sentado num banco da estação Victoria, tento me recuperar. O tique-taque do meu coração diminui lentamente, a madeira do relógio ainda queima. Digo comigo que apaixonar-se não deve ser mais aterrorizante do que se ver sozinho num trem quase fantasma com Jack o Estripador. Acreditei realmente que ele ia me matar. Como um pintassilgo de garota poderia desregular meu relógio mais gravemente do que um estripador? Com a perturbadora malícia de seus olhos? Seu exército de cílios intermináveis? O temível desenho de seus seios?

Impossível. Isso não pode ser tão perigoso quanto o que acabo de viver.

Um pardal pousa no ponteiro dos meus minutos, levo um susto. Esse imbecil me deu medo! Suas penas acariciam suavemente meu mostrador. Vou esperar que ele decole e zarpar da Grã-Bretanha.

A embarcação na qual atravesso a Mancha é menos exuberante em arrepios que o trem de Londres. Afora algumas velhas damas com aspecto de flores murchas, ninguém deveras assustador. Entretanto, as brumas de melancolia que me invadem demoram a se dissipar. Acerto meu coração com a chave, mas é o tempo decorrido que tenho a impressão de acertar. O das lembranças pelo menos. É a primeira vez na vida que me debruço assim sobre minhas lembranças. Saí de casa ontem, mas tenho a impressão de ter partido há muito tempo.

Em Paris, almoço às margens do Sena, num restaurante que exala essas sopas de legumes que sempre detestei comer mas que adorava respirar. Roliças garçonetes sorriem para mim como quem sorri para um bebê. Velhinhos simpáticos conversam a meia-voz. Escuto um barulho de tampas e garfos. Essa atmosfera calorosa me lembra a velha casa da doutora Madeleine. Pergunto-me o que ela deve estar fazendo no topo da colina. Resolvo escrever-lhe.

Querida Madeleine,

Está tudo bem comigo, estou em Paris por enquanto. Espero que Joe e a polícia a deixem tranquila. Não se esqueça de florir meu túmulo enquanto espera minha volta.

Sinto saudades de você, da casa também.

Cuido muito bem do meu relógio. Como você me pediu, vou tentar encontrar um relojoeiro para me recobrar de todas essas emoções. Beije Arthur, Luna e Anna por mim.

"Little Jack"

Escrevo pouco de propósito, para que o pombo possa voar leve. Gostaria de ter notícias o mais breve possível. Enrolo minhas palavras em volta da pata da ave e lanço-a no céu de Paris. Ela põe-se a voar aleatoriamente. Luna decerto quis fazer um corte original nas penas para o período dos amores. Também raspou os lados da cabeça e ele ficou parecendo uma escova de banheiro com asas. Pergunto-me se não deveria usar o correio tradicional.

Antes de seguir adiante, preciso encontrar um bom relojoeiro. Desde a minha partida, meu coração range mais forte do que nunca. Eu queria que ele estivesse tinindo para encontrar a pequena cantora. Acho que devo isso a Madeleine. Toco à porta de um joalheiro no bulevar Saint-Germain. Um velho alinhadíssimo aproxima-se e me pergunta o motivo da minha visita.

— Consertar meu relógio...

— Trouxe-o consigo?

— Trouxe!

Desabotoo meu paletó, depois minha camisa.

— Não sou médico — ele me responde secamente.

— Não gostaria de pelo menos passar os olhos, verificar se as engrenagens estão no lugar?

— Não sou médico, já disse, não sou médico!

O tom que ele emprega é bastante desdenhoso, já eu tento manter a calma. Ele olha para o meu relógio como se eu lhe mostrasse uma coisa suja.

— Sei que não é médico! É um relógio clássico, só precisa ser acertado de tempos em tempos para funcionar bem...

— Relógios são instrumentos destinados a medir o tempo, e ponto final. Chispe daqui com sua engenhoca diabólica. Vá ou chamo a polícia!

Tinha começado de novo, como na escola e com os pequenos casais. Por mais que eu conheça essa sensação de injustiça, nada fará com que eu me habitue a ela. Ao contrário, quanto mais cresço, mais doloroso é. Não passa de uma porcaria de relógio de madeira, meras engrenagens que permitem meu coração bater!

Um velho pêndulo metálico com mil ourivesarias pretensiosas está exposto na entrada da loja. Ele parece seu proprietário, como alguns cachorros se parecem com seu dono. Imediatamente antes de atravessar a porta, desfirolhe um belo chute, estilo jogador de futebol profissional. O pêndulo vacila, seu contrapeso choca-se violentamente com suas paredes. Enquanto me escafedo pelo bulevar Saint-Germain, um estilhaço de vidro explode atrás de mim. É impressionante como esse barulho me deixa relaxado.

O segundo relojoeiro, um sujeito gordo e careca de uns 50 anos, mostra-se mais compreensivo.

— Você devia ir procurar o sr. Méliès. É um ilusionista muito criativo, tenho certeza de que é mais indicado do que eu para resolver seu problema, meu rapaz.

— Preciso de um relojoeiro, não de um mágico!

— Alguns relojoeiros são um pouco mágicos, e esse mágico é um pouco relojoeiro, como Robert Houdin,* de quem aliás ele acaba de comprar um teatro! — diz maliciosamente. — Faça-lhe uma visita da minha parte, estou convencido de que ele irá consertá-lo muito bem!

Não compreendo por que esse simpático cavalheiro não cuida de mim ele mesmo, mas sua maneira de acolher meu problema é reconfortante. E estou superentusiasmado com a ideia de conhecer um mágico, que além de tudo é mágico-relojoeiro. Ele deve ser parecido com Madeleine, talvez seja até da mesma família.

Atravesso o Sena, a elegância da catedral gigante me deixa com torcicolo, as combinações de bundas e coques também. Essa cidade é um bolo de paralelepípedos com um sagrado coração em cima. Chego finalmente ao Boulevard des Italiens, onde se situa o famoso teatro. Um rapaz bigodudo com um olhar matreiro abre a porta para mim.

— Por acaso o mágico mora aqui?

---

*Jean-Eugène Robert-Houdin (1805-1871): relojoeiro, ilusionista, inventor, entre outras coisas, do hodômetro, bem como de aparelhos de oftalmologia. Houdin montou um teatro onde fabricava relógios enfeitados com aves canoras e outras proezas mecânicas. Sua influência sobre o trabalho de Georges Méliès (primeiro cineasta, pai dos efeitos especiais) foi considerável, e o célebre mágico "Houdini" escolheu seu patronímico em homenagem a esse precursor. (*N. do A.*)

— Qual? — ele me responde, como num jogo de adivinhas.

— Um tal de Georges Méliès.

— Está falando com ele!

Ele se desloca como um autômato, aos trancos porém articuladamente. Fala rápido, suas mãos, pontos de exclamação vivos, entremeiam suas palavras. Mas quando lhe conto minha história, ele escuta com grande atenção. A conclusão, sobretudo, intriga-o:

— Ainda que esse relógio me sirva de coração, o trabalho de manutenção que lhe peço não extrapolará suas funções de relojoeiro.

O relojoeiro-prestidigitador abre o mostrador, me ausculta com um aparelho que permite ver com mais clareza os minúsculos elementos, e se enternece, como se sua infância desfilasse sob suas pálpebras. Aciona o sistema que dispara o cuco mecânico e exprime admiração pelo trabalho de Madeleine.

— Como fez para entortar o ponteiro das horas?

— Estou apaixonado e sou uma negação em matéria de amor. Então fico com raiva, brigo, e às vezes tento até acelerar ou cadenciar o tempo. Está muito prejudicado?

Ele ri com um riso de criança de bigode.

— Não, está tudo funcionando perfeitamente. O que quer saber exatamente?

— É o seguinte, a doutora Madeleine, que instalou esse relógio em mim, diz que um coração improvisado não é compatível com o estado amoroso. Está convencida de que eu não resistiria a um choque emocional desse tipo.

— Ah, é? Bom...

Vinca os olhos e coça o queixo.

— Ela pode até achar isso... mas você não é obrigado a ter a mesma opinião sobre o assunto, é ou não é?

— É verdade, não tenho a mesma opinião. Mas quando vi a pequena cantora pela primeira vez, tive a impressão de um terremoto sob meu relógio. As engrenagens rangiam, meu tique-taque se acelerava. Comecei a sentir falta de ar, a confundir as pernas, destrambelhou tudo.

— Gostou?

— Adorei...

— Ah! E aí?

— E aí tive muito medo que Madeleine tivesse razão.

Georges Méliès balança a cabeça cofiando seu bigode. Procura suas palavras como um cirurgião escolheria seus instrumentos.

— Justamente, o medo de se machucar só aumenta as chances de você se machucar. Observe os acrobatas, acha que eles consideram a hipótese de cair quando atravessam a corda bamba? Não, aceitam esse risco, desfrutando do prazer que desafiar o perigo lhes proporciona. Se passar a vida prestando atenção para não quebrar nada, vai se entediar terrivelmente, pense bem... Não conheço nada mais divertido que a imprudência! Olhe pra você! Digo "imprudência" e seus olhos se acendem! Ah, ah! Quando alguém tem 14 anos e decide atravessar a Europa para encontrar uma garota, é porque tem uma séria propensão à imprudência, é ou não é?

— É, é... Mas o senhor não teria um treco qualquer que desse um pouco de sustança ao meu coração?

— Ah, claro que sim... Escute bem, está preparado? Escute com muita atenção: o único treco, como você diz, que lhe permitirá seduzir a mulher dos seus sonhos é justamente seu coração. Não aquele em forma de relógio que lhe enxertaram quando você nasceu. Estou falando do verdadeiro, aquele de baixo, feito de carne e sangue, que vibra. É com esse que você tem que trabalhar. Esqueça seus problemas de mecânica, isso lhes dará menos importância. Seja imprudente e, o principal, dê, dê sem economizar!

Méliès é muito expressivo, todos os traços de seu rosto entram em ação quando ele se exprime. Seu bigode parece articulado pelo seu sorriso, um pouco como o dos gatos.

— Isso nem sempre funciona, não garanto nada, eu mesmo acabo de fracassar com aquela que eu julgava a mulher da minha vida. Mas em todo caso nenhum "treco" funciona sempre.

Esse ilusionista que alguns dizem genial acaba de me dar uma aula de bruxaria amorosa para no fim da linha me confessar que sua última poção explodiu na cara dele. Mas devo admitir que ele me faz bem, tanto manipulando minhas engrenagens quanto conversando. É um homem doce, que sabe escutar. Percebe-se que é perito em seres humanos. Talvez tenha conseguido desvendar o segredo das engrenagens psicológicas do homem. Em poucas horas nos tornamos supercúmplices.

— Eu poderia escrever um livro sobre a sua história, conheço-a agora como se fosse a minha — ele me diz.

— Escreva. Se um dia eu tiver filhos, eles poderão ler. Mas se quiser saber a continuação, vai ter que ir comigo para a Andaluzia!

— Gostaria que um ilusionista depressivo o acompanhasse em sua peregrinação amorosa?

— Sim, seria um grande prazer.

— Saiba que sou capaz de fazer até milagres fracassarem!

— Tenho certeza que não.

— Dê-me esta noite para refletir, pode ser?

— Tudo bem.

Enquanto os primeiros raios de sol esgueiram-se com dificuldade através dos postigos da oficina de Georges Méliès, ouço alguém berrar:

— *Andalucia! Anda! Andalucia! Anda! AndaaaAAAH!*

Como se saído direto de uma ópera, surge um louco de pijama.

— Tudo certo, meu rapaz. Preciso viajar, no sentido próprio e figurado, não vou ficar remoendo minha melancolia eternamente. Uma imensa lufada de ar, eis o que ambos vamos respirar! Se ainda me quiser como companheiro.

— Claro que sim! Quando partimos?

— Logo depois do café da manhã! — ele me responde, apontando para sua trouxa.

Nós nos instalamos em volta de uma mesa com bancos para engolir um chocolate pelando e tortas doces bem macias. Não é tão bom quanto na casa de Madeleine, mas é divertido comer em meio a extraterrestres de papelão.

— Sabe, quando eu estava apaixonado, não parava de inventar coisas. Toda uma mixórdia de artefatos, ilusões e truques, para divertir minha noiva. Acho que ela acabou se enchendo das minhas invenções — ele disse, o bigode a meio-pau. — Eu queria inventar uma viagem à Lua só para ela, mas era uma verdadeira viagem à Terra que eu deveria ter-lhe oferecido. Pedi-la em casamento, encontrar uma casa para morarmos mais habitável que minha velha oficina, não sei... — suspirou. — Um dia, arranquei duas tábuas de suas estantes, prendi nelas umas rodinhas aproveitadas de uma maca de hospital para que nós dois deslizássemos ao luar. Ela nunca quis embarcar. E tive que consertar as estantes. Não é fácil o amor no dia a dia, meu garoto — ele repete, pensativo. — Mas você e eu vamos subir nessas tábuas! Vamos atravessar metade da Europa em nossas tábuas com rodinhas!

— Pegaremos uns trens também? Porque de toda forma estou um pouquinho apressado pelo tempo...

— Pressionado pelo tempo?

— Também.

Meu relógio parece um ímã de corações enguiçados. Madeleine, Arthur, Anna, Luna, até Joe; e agora Méliès. Minha impressão é de que seus corações merecem ainda mais que o meu dos cuidados de um bom relojoeiro.

6

Rumo ao sul! Eis que partimos pelas estradas da França, peregrinos de rodinhas em busca do sonho impossível. Formamos uma tremenda dupla: um alto desengonçado com um bigode de gato e um baixinho ruivo com um coração de madeira. Dons Quixotes improvisados ao assalto das paisagens de western andaluzes. Luna me descreveu o sul da Espanha como um lugar imprevisível, onde convivem sonhos e pesadelos, como entre os caubóis e índios no Oeste americano. Quem viver verá!

Conversamos muito no caminho. De certa forma Méliès tornou-se meu Doutor Love, a antítese de Madeleine em suma; entretanto, um lembra muito o outro. Eu, por minha vez, tento encorajá-lo à sua (re)conquista amorosa.

— Talvez ela ainda esteja apaixonada por você no canto dela... Uma viagem à Lua, mesmo num foguete de papelão, ainda poderia seduzi-la, não acha?

— Bah, não creio. Ela me acha ridículo com minhas geringonças. Tenho certeza de que vai se apaixonar por um cientista ou um militar, considerando a maneira como tudo terminou.

Mesmo quando está afogado na melancolia, meu relojoeiro ilusionista conserva uma poderosa veia cômica. Seu bigode enviesado, constantemente espanado pelo vento, decerto tem algo a ver com isso.

Eu nunca ri tanto como nessa fabulosa cavalgada. Viajamos clandestinamente nos trens de carga, dormimos pouco e comemos qualquer coisa. Eu, que vivo com um relógio no coração, não verifico mais a hora. A chuva nos surpreendeu tantas vezes que me pergunto se não encolhemos. Mas nada pode nos deter. E nos sentimos mais vivos do que nunca.

Em Auxerre, somos obrigados a dormir no cemitério. No dia seguinte, cafés da manhã sobre lápide à guisa de mesa de centro. Ê vida boa!

Em Lyon, atravessamos a ponte da Guillotière sobre nossas tábuas com rodinhas, agarrados na traseira de um fiacre, os passantes nos aplaudiam como se fôssemos os primeiros ciclistas do Tour de France.

Em Valence, após uma noite sem pouso, uma velha senhora que nos toma por seus netos nos prepara o melhor frango com fritas do mundo. Também temos direito a um banho com sabonete metamorfoseante e a um copo de limonada sem bolhas. Ah, que vida boa...

Limpos e elegantes, partimos para o assalto às portas do Grande Sul. Orange e sua polícia ferroviária pouco inclinada a nos deixar dormir no vagão dos animais, Perpignan e seus primeiros aromas da Espanha... Quilômetro após quilômetro meu sonho se adensa com todas as suas possibilidades. Estou chegando, Miss Acácia!

Um exército de oliveiras abre alas para nós, substituídas por laranjeiras que enroscam suas frutas diretamente no céu. Incansáveis, avançamos. As montanhas vermelhas da Andaluzia agora recortam nosso horizonte.

Um cúmulo exangue esmaga os picos, cuspindo seus relâmpagos nervosos a alguns hectômetros de nós. Méliès me faz sinal para eu recolher minhas ferragens. Ainda não é hora de alcançar os relâmpagos.

Uma ave aproxima-se de nós, planando como faria um urubu. O círculo de rochas que nos cerca torna-a preocupante. Mas é apenas o pombo-correio de Luna me trazendo notícias de Madeleine. Que alívio vê-lo finalmente de volta. Pois, apesar da efervescência dos meus sonhos, nunca me esqueço de Madeleine.

O pombo atravessa uma minúscula nuvem de poeira. Meu coração se acelera, estou impaciente para ler a carta. Não consigo agarrar o maldito pombo! O índio de bigode que me acompanha começa a arrulhar para cativá-lo, e termino por agarrar seu corpo de pluma.

Trabalho perdido, o pombo viaja vazio. Não resta senão um pedaço de barbante amarrado em sua pata esquerda. Nenhuma carta de Madeleine. O vento deve ter carregado. Talvez nas cercanias de Valência, no vale do Ródano, quando ele se precipita com todas as suas forças antes de ir morrer no sol.

Estou decepcionado como se acabasse de abrir um embrulho de presente cheio de fantasmas. Sento-me numa tábua e rabisco um bilhete às pressas.

Querida Madeleine,

Peço que me resuma sua primeira carta na sua próxima remessa pois esse pombo imbecil deixou-a cair antes de me entregá-la.

Conheci um relojoeiro que está cuidando da manutenção do meu relógio, estou ótimo.

Sinto muitas saudades de você e de Anna, de Luna e Arthur também.

Um beijo,

Jack

Méliès me ajuda a enrolar apropriadamente o papel na pata da ave.

— Se ela soubesse que estou às portas da Andaluzia pedalando atrás do amor, ficaria furiosa!

— As mães receiam pelos filhos e os protegem como podem, mas chegou o momento de abandonar o ninho! Consulte o seu coração! Meio-dia! Hora de atacar! Viu o que está escrito no cartaz em frente: *"Granada"! Anda! Anda!,* uiva Méliès com um calafrio de cometa no olhar.

Numa caça ao tesouro, quando a luz das moedas de ouro começa a sair pela fechadura do cofre, a emoção nos imobiliza, mal nos atrevemos a abrir a tampa. Medo de vencer.

É um sonho que acalento há tanto tempo! Joe esmagou-o sobre meu crânio, recolhi os cacos. Aguardei tempos melhores, reconstituindo mentalmente esse ovo cheio de imagens da pequena cantora. Ei-lo prestes a eclodir e o pavor me paralisa. O Alhambra nos estende seus arabescos espetados no céu opala. Os fiacres sacolejam. Meu relógio sacoleja. O vento sopra, levanta a poeira, levanta os vestidos das mulheres-sombrinhas. Ousaria eu desfolhá-la, Miss Acácia?

Assim que chegamos à velha cidade, passamos a procurar uma sala de espetáculos. A luminosidade é quase insuportável. Méliès faz a mesma pergunta em todos os teatros que encontramos no caminho:

— Uma pequena cantora de flamenco que não enxerga quase nada, isso lhe diz alguma coisa?

Era mais fácil detectar um floco numa tempestade de neve. O crepúsculo terminou por acalmar os ardores vermelho-alaranjados da cidade, mas continuamos sem uma pista de Miss Acácia.

— Temos muitas cantoras desse tipo por aqui... — responde um sujeito todo ressequido varrendo a frente de um enésimo teatro.

— Não, não, não, esta é extraordinária. É novinha, 14-15 anos, mas canta como uma adulta, e esbarra toda hora nas coisas.

— Se é tão extraordinária como você diz, tentem o Extraordinarium.

— Que diabos é isso?

— Um velho circo transformado em parque de diversões. Vemos ali espetáculos de todo tipo, caravanas de trovadores, dançarinas-estrelas, trens-fantasmas, carrosséis de elefantes selvagens, pássaros canoros, desfiles de monstros vivos... Acho que eles têm uma pequena cantora. Fica na *calle* Pablo Jardim 7, no bairro da Cartuja, a 15 minutos daqui.

— Muito obrigado, cavalheiro.

— É um lugar curioso, precisa gostar... Boa sorte, em todo caso!

No caminho que nos leva ao Extraordinarium, Méliès me oferece algumas últimas recomendações.

— Aja como um jogador de pôquer. Nunca exponha nem sua pele nem suas dúvidas. Você tem um curinga no seu jogo, seu coração. Você acha isso uma fraqueza, mas, se tomar a decisão de assumir essa fragilidade, esse relógio-coração fará de você uma pessoa especial. Sua diferença irá deixá-lo supersedutor!

— Minha deficiência como arma de sedução? Acredita nisso?

— Claro! Ou você acha que sua pequena cantora não o enfeitiçou com aquele estilo de não usar óculos e esbarrar em tudo?

— Ah, não é isso...

— Não é só isso, evidentemente, mas essa "diferença" é parte do feitiço dela. Use a sua, é a hora.

São 22 horas quando penetramos nos domínios do Extraordinarium. Percorremos os acessos, a música ressoa de todos os lados, várias melodias superpõem-se num alegre alvoroço. Das bancadas emana um cheiro de fritura e poeira — devem sentir sede o tempo todo por aqui!

O aglomerado de pavilhões extravagantes dá impressão de poder desabar ao menor sopro. A casa dos pássaros canoros lembra o meu coração, em proporções maiores. Temos que esperar dar a hora para vê-los saírem do mostrador: é mais fácil acertar um relógio quando não tem nada vivo dentro dele.

Depois de circular por um bom tempo, avisto num muro um cartaz anunciando, com fotos ilustrativas, os espetáculos da noite.

Miss Acácia, flamenco molho picante, 22 horas, no palco pequeno em frente ao trem-fantasma.

Reconheci imediatamente os traços de seu rosto. Faz quatro anos que vasculho meus sonhos e eis que no fim da corrida a realidade finalmente prevalece! Sinto-me como um passarinho com vertigem no dia de sua primeira decolagem. O ninho macio da imaginação se esquivou, terei de me lançar no vazio.

Rosas de papel costuradas no vestido da pequena cantora desenham o mapa de tesouros de seu corpo. Sinto um gosto de eletricidade na ponta da língua. Sou uma bomba prestes a explodir, uma bomba aterrorizada, mas de toda forma uma bomba.

Corremos na direção do palco e nos instalamos nas cadeiras destinadas ao público. O palco é um simples estrado armado sob a lona de um trailer. Dizer que em poucos segundos irei vê-la... Quantos milhões de segundos se passaram depois do meu aniversário de 10 anos? Quantos milhões de vezes não sonhei com este instante? A euforia que me arrebata é tão intensa que mal consigo me manter sentado. Em meu peito, entretanto, o orgulhoso moinho de vento disposto a tragar tudo à sua passagem voltou a ser um minúsculo cuco suíço.

As pessoas da primeira fila voltam-se para mim, irritadas com o barulho cada vez mais estrepitoso do meu relógio. Méliès responde-lhes com seu sorriso de gato. Três garotas prendem o riso e falam alguma coisa em espanhol, tipo "esses dois fugiram do pavilhão dos monstros". Reconheço que merecemos uma boa reciclagem.

De repente, a luz se apaga. Uma música acobreada invade o espaço, e vislumbro uma sombra em movimento atrás da cortina. Uma sombra familiar.

A pequena cantora entra no palco, batendo no estrado com seus escarpins amarelos. Executa sua dança do pássaro de salto alto. Sua voz de rouxinol frágil soa ainda melhor que nos meus sonhos. Eu queria ter tempo para contemplá-la tranquilamente, aclimatar meu coração à sua presença.

Miss Acácia verga a coluna, sua boca se entreabre, diria-se que um fantasma a beija. Fecha seus olhos imensos e estala como castanholas as palmas de suas mãos erguidas.

Durante uma canção muito íntima, meu cuco dá o ar de sua graça. Sinto mais vergonha do que nunca. Os olhos risonhos de Méliès me ajudam a não ceder ao pânico.

A maneira como minha pequena cantora tropeça nela mesma é quase inconveniente para um lugar tão antiquado. Diria-se que acende sua própria pira olímpica numa maquete de estádio de plástico.

No fim do espetáculo, muita gente a solicita para trocar uma palavra ou obter um autógrafo. Tenho que entrar na fila como todo mundo, ao passo que não quero um autógrafo, apenas a lua. Ela e eu enroscados em seu crescente. Méliès me sussurra:

— A porta do camarim está aberta e não tem ninguém lá.

Esgueiro-me como um ladrão.

Fecho a porta do exíguo camarim e aproveito para examinar seu estojo de maquiagem, seu regimento de botinas de lantejoulas e seu guarda-roupa — que não teria desagradado à fada Sininho. Essa proximidade com sua feminilidade me encabula prazerosamente, a delicadeza de seu perfume me embriaga. Espero sentado, com a ponta das nádegas em seu sofá.

De repente a porta se abre. A pequena cantora entra como um furacão de saias. Seus escarpins amarelos voam. Chovem alfinetes de cabelo. Ela senta em frente à penteadeira. O mais morto dos mortos faria mais barulho que eu.

Ela começa a tirar a maquiagem, tão delicadamente quanto uma serpente cor-de-rosa trocando de pele, depois coloca um par de óculos.

— O que faz aqui? — diz ela, me percebendo no reflexo do espelho.

"Perdão por essa intromissão. Depois que a ouvi cantar alguns anos atrás, só tenho um sonho: encontrá-la. Atravessei metade da Europa para chegar aqui. Esmagaram-me ovos na cabeça e eu poderia ter sido estripado por um especialista no amor com defuntas. Claro, sou uma espécie de deficiente do grande amor, e supostamente meu coração improvisado não resiste ao terremoto emocional que sinto quando a vejo, mas, resumindo, ele bate pela senhorita." Eis o que eu fervilhava para dizer. Entretanto, permaneço mais silencioso que uma orquestra de lápides.

— Como fez para entrar?

Ela está furiosa, mas a surpresa parece atenuar sua raiva. Há um fundo de curiosidade na maneira como tira discretamente os óculos.

Méliès me prevenira: "Cuidado, é uma cantora, é bonita, você não deve ser o primeiro por cuja cabeça passou... O suprassumo da sedução é dar-lhe a ilusão de que você não está tentando seduzi-la."

— Me apoiei na porta, que estava mal fechada, e fui parar no seu sofá.

— Acontece muito com você isso de aterrissar dessa forma no camarim de uma moça que se prepara para trocar de roupa?

— Não, até que nem tanto.

Minha impressão é de que cada palavra pronunciada terá uma importância capital; sílaba por sílaba, elas se desengancham com dificuldade; o peso do sonho que carrego se faz sentir.

— Você aterrissa aonde em geral? Diretamente na cama ou no chuveiro?

— Em geral, eu não aterrisso.

Tento recordar o curso de feitiçaria cor-de-rosa de Méliès. "Mostre-se como você é, faça-a rir ou chorar, mas fingindo querer ser seu amigo. Mostre interesse por ela, não apenas pela sua bunda. Pode ser que você chegue lá, contanto que não se preocupe apenas com sua bunda. Ninguém vibra muito tempo por alguém quando está apenas atrás da sua bunda, é ou não é?"

Tudo isso é verdade, mas agora que a vi em movimento, também corro atrás da sua bunda, o que complica seriamente o tabuleiro.

— Não era você que fazia um tique-taque dos diabos durante o concerto? Acho que o estou reconhecendo...

— Me reconhecendo?

— Bom, o que quer de mim?

Tomo impulso e todo o ar que me resta no peito.

— Eu queria lhe dar uma coisa. Não são flores, nem chocolate...

— E o que é?

Tiro o buquê de óculos da minha bolsa e lhe entrego me concentrando para não tremer. Tremo de qualquer maneira, o buquê trepida.

Ela faz uma cara de boneca manhosa. Em sua fisionomia podem se esconder tanto o sorriso quanto a raiva, não sei o que pensar. O buquê está pesado, não estou longe nem da cãibra nem do ridículo.

— O que é isso?

— Um buquê de óculos.

— Não são minhas flores preferidas.

No início do mundo, em algum lugar entre seu queixo e a comissura de seus lábios, desenha-se um microscópico sorriso.

— Obrigada, mas agora eu gostaria de mudar de roupa tranquilamente.

Abre a porta para mim, a luz do poste a ofusca. Interponho minhas mãos entre o poste e seus olhos, sua testa relaxa lentamente. É um instante maravilhosamente embaraçoso.

— Não uso óculos, com minha cabecinha eu ia parecer uma mosca.

— Engraçado, fica bem em mim.

Ela acabava de desfazer o embaraço maravilhoso com sua história de mosca, mas eu o instalei de novo com o meu "Engraçado, fica bem em mim." O breve silêncio reinante é delicado como uma tempestade de margaridas.

— Será que poderíamos nos rever, com ou sem óculos?

— Sim.

7

É um sim minúsculo, pronunciado pela ponta do bico de um passarinho, mas repercute em mim como um grito heroico. Os calafrios cor-de-rosa estão em marcha, o som do meu tique-taque lembra o de um colar de pérolas rolando entre seus dedos. Sinto-me inexpugnavelmente feliz.

— Ela aceitou seu buquê de óculos tortos? — me perguntou Méliès. — Ela gosta de você! Tenho certeza de que gosta! Ninguém aceita um presente tão patético quando não sente uma coisinha qualquer — acrescenta, contente.

Após ter contado a Méliès cada detalhe do nosso primeiro e atabalhoado encontro, uma vez arrefecida a euforia, peço-lhe para dar uma examinada no meu relógio, porque nunca senti emoções tão intensas. Ah, Madeleine, você ficaria furiosa... Méliès veste seu grande sorriso de bigode e começa a manipular delicadamente minhas engrenagens.

— Sente dor em algum lugar?

— Não, acho que não.

— Suas engrenagens estão um pouco quentes, mas nada de anormal, está tudo nos eixos. Pronto, hora de ir. Isso não é tudo, mas precisamos de um bom banho e de um lugar para dormir!

Após termos explorado o Extraordinarium, invadimos um pavilhão abandonado para pernoitar. E, apesar da decrepitude do local e da fome que nos tortura, dormimos como bebês.

Ao raiar do dia, minha decisão está tomada: preciso dar um jeito de arranjar um emprego nas redondezas.

No Extraordinarium, todas as funções estão ocupadas. Todas as funções menos uma, no trem-fantasma, onde falta alguém para assustar os passageiros durante o trajeto. Com grande tenacidade, terminei por marcar um encontro amanhã à noite com a dona do pedaço.

Esperando coisa melhor, Méliès executa alguns passes de mágica na entrada, com seu velho baralho viciado. Faz muito sucesso, especialmente com as mulheres. As "belas", como as chama, aglomeram-se ao redor de sua mesa de jogo e se maravilham com cada um de seus gestos. Ele lhes conta que vai fabricar uma história em movimento, uma espécie de livro fotográfico que ganharia vida. Um perito em fascinar as "belas".

Hoje de manhã, vi-o recolher caixas de papelão e recortar foguetes. Acho que ainda cogita recuperar sua noiva, pois volta a falar de viagem à Lua. Sua máquina de sonhar ganha um novo alento.

São 18 horas quando me apresento diante do grande pavilhão de pedra do trem-fantasma. Sou recebido pela gerente, uma velha encarquilhada que responde pelo nome de Brigitte Heim.

Os traços de seu rosto estão crispados, parece ter uma faca entre os dentes. Usa calçados rústicos e tristes — sandálias de freira —, ideais para esmagar sonhos.

— Quer dizer que lhe deu na veneta trabalhar no trem-fantasma, nanico?

Sua voz lembra pios de avestruz, um avestruz muito mal-humorado. Ela tem o dom de provocar angústia instantaneamente.

— O que sabe fazer para assustar?

A última frase de Jack o Estripador ecoa dentro de mim: "Logo aprenderá a assustar para existir."

Desabotoo minha camisa e dou uma volta na chave para fazer o cuco piar. A gerente me observa com um desdém igual ao do relojoeiro parisiense.

— Não é com isso que vamos ganhar milhões! Mas não tenho ninguém, então faço o favor de contratá-lo.

Engulo meu orgulho porque preciso demais desse trabalho.

A gerente parte para uma vistoria.

— Tenho um acordo com o cemitério, recolho os crânios e ossadas dos defuntos cujas famílias não podem mais pagar a concessão — diz ela, me fazendo orgulhosamente visitar o percurso. — Bela decoração para um trem-fantasma, não é? De toda forma, se não os recolho, eles vão para a lata de lixo! Rá, rá, rá! — declara, numa voz ao mesmo tempo histérica e seca.

Os crânios e teias de aranha acham-se metodicamente dispostos para filtrar a luz dos candelabros. Por sinal não há um grão de poeira em parte alguma, nada fora do lugar. Pergunto-me que vazio intersideral pode habitar essa mulher para que ela passe a vida fazendo faxina nessas catacumbas.

Volto-me para ela:

— A senhora tem filhos?

— Que pergunta! Não, tenho um cachorro e estou muito bem com meu cachorro.

Se um dia eu acabar ficando velho e tiver a sorte de ter filhos, e por que não netos, acho que vou querer construir casas cheias de corridas-perseguições, risadas e gritos. Mas, se não as tiver, as casas cheias de vazio, ficarão sem mim.

— É proibido tocar no cenário. Se pisar num crânio e ele quebrar, você é quem paga!

"Pagar", sua palavra preferida.

Quer saber o motivo da minha vinda a Granada. Conto-lhe rapidamente minha história. Digamos antes que tento, pois ela me interrompe o tempo todo.

— Não acredito na sua história de coração mecânico nem na sua história de coração, para resumir. Pergunto-me quem pôde fazer você engolir essas estapafurdices. O que acha, que vai operar milagres com sua geringonça? Vai é cair lá do alto apesar do seu tamaninho! As pessoas não gostam de coisas muito diferentes delas. Ainda que apreciem o espetáculo, é um prazer de turista. Para elas, ver a mulher de duas cabeças é a mesma coisa que assistir a um acidente. Vi muitos homens aplaudi-la, mas nenhum apaixonar-se. Será igual com você. Talvez eles se deliciem vendo suas feridas cardíacas, mas nunca gostarão de você pelo que você é. Acha realmente que uma garota bonita como a que você me descreve vai querer transar com um sujeito que tem uma prótese no lugar do coração? Até eu acharia isso repugnante... enfim, contanto que você consiga assustar meus fregueses, todo mundo ficará contente!

A hedionda Brigitte Heim junta-se ao pelotão dos lançadores frios. Mas ela não sabe como é grossa a carapaça de sonhos que forjo para mim desde pequeno. Sou a tartaruga mais sólida do mundo! Saio para devorar a lua como uma panqueca fosforescente pensando em Miss Acácia. Pode continuar a saracotear seus esgares de morta-viva em volta de mim, não me roubará nada.

22 horas. Chego para minha primeira noite de trabalho. O trem tem a metade do número de pessoas que suporta. Entro em cena daqui a meia hora. É o momento de me arriscar no terror. Sinto um pouco de medo, já que preciso manter esse emprego de qualquer jeito para permanecer o vizinho oficial da pequena cantora.

Preparo meu coração de maneira a transformá-lo em instrumento de terror. No topo da colina eu me divertia em guardar todo tipo de coisa no bojo do meu relógio: pedras, papel de jornal, bolinhas de gude etc. As engrenagens começavam a ranger, o tique-taque tornava-se caótico e o cuco dava a impressão de que uma retroescavadeira miniatura passeava entre meus pulmões. Madeleine detestava isso...

22h30. Estou agarrado no flanco do último vagão como um índio prestes a atacar uma diligência. Brigitte Heim me observa com o rabo de seus olhos oblíquos. Qual não é minha surpresa ao avistar Miss Acácia tranquilamente instalada num vagonete do trem-fantasma! O medo, que sobe um grau, faz meu tique-taque crepitar.

O trem arranca, pulo de vagão em vagão, ei-la, minha conquista do Oeste amoroso. Tenho que arrebentar a boca do balão. É minha vida que está em jogo agora! Atiro meu corpo contra a parede dos carros, o cuco estoura como uma máquina de pipoca. Passo a superfície bem fria do meu ponteiro das horas nas costas dos clientes, cantarolo *Oh When the Saints* pensando em Arthur. Obtenho alguns gritos. *O que sabe fazer para assustar?* Ora bolas, pretendo sair do meu invólucro corporal, projetar sol nas paredes e que ela veja, que isso a esquente e lhe dê vontade dos meus braços. Em vez disso, à guisa de *finale*, apareço meros segundos na luz branca arqueando exageradamente o torso. Abro minha camisa, expondo as engrenagens que se movem sob minha pele a cada pulsação. Minha proeza é saudada por um espantoso balido de cabra vindo de uma semivelha e três arremedos de aplausos cobertos por risadas.

Observo Miss Acácia, esperando, mal ou bem, ter-lhe agradado.

Ela sorriu com uma malícia de ladra de chocolate.

— Terminou?

— ?

— Ah, ótimo, não vi absolutamente nada, mas parecia realmente divertido, parabéns! Eu não sabia que era você, mas bravo!

— Obrigado... E os óculos, experimentou?

— Experimentei, mas eles estão tortos ou quebrados...

— É, escolhi-os desse jeito para que a senhorita use sem medo de danificar!

— Acha que não uso óculos porque tenho medo de danificá-los?

— Não...

Ela dá aquela risadinha, leve como uma cascata de pérolas roçando um xilofone.

— Fim da função, todo mundo fora! — grita a avestruz-chefe neste momento.

A pequena cantora se levanta e me faz um sinalzinho com a mão. De sua sombra sinuosa esvoaça uma cabeleira cacheada. Ainda que eu tivesse adorado me mostrar um pouco para ela, agrada-me que ela não tenha visto meu coração-geringonça. Em vão sonho com o sol da noite, a velha Brigitte despertou meus velhos demônios. A carapaça da tartaruga mais sólida do mundo às vezes amolece em plena insônia.

Ao longe, seus escarpins tamborilam ritmadamente. Deleito-me com esse som até que minha pequena cantora esbarra violentamente na porta da saída. Todo mundo ri, ninguém a ajuda. Ela vacila como uma bêbada bem-vestida, depois desaparece.

Enquanto isso, Brigitte Heim lançou-se numa digressão sobre minha performance que passa anos-luz acima da minha cabeça, mas creio que num certo momento pronunciou a palavra "pagar".

Corro ao encontro de Méliès para lhe contar tudo. No caminho, enfiando as mãos nos bolsos, acho um pedaço de papel embolado.

Não preciso de óculos para perceber como seu número é bem amarrado. Suponho que sua agenda de compromissos deva ser um calhamaço de doze volumes... Será capaz de encontrar a página onde escreveu meu nome?

Faço meu relojoeiro-ilusionista do coração ler o bilhete, entre dois truques de cartas.

— Hum, percebo... Sua Miss Acácia não funciona como as cantoras que conheci, não é autocentrada. Isso significa que ela não se dá muita conta de seu poder de sedução, o que evidentemente faz parte de seu charme. Em compensação, ela reparou no seu número. Agora, é só você jogar todas as suas fichas. E não se esqueça de que ela não se considera tão desejável quanto é. Explore isso!

Corro até seu camarim e enfio por minha vez um bilhete por debaixo da porta:

Meia-noite em ponto atrás do trem-fantasma, use seus óculos para não esbarrar na lua e me espere, prometo lhe dar um tempo para você retirá-los antes de olhar para você.

— Anda hombre! Anda! É hora de lhe mostrar seu coração! — repete Méliès.

— Tenho medo de enlouquecê-la com meus ponteiros e tudo o mais. A ideia de que ela me rejeite me apavora... Há quanto tempo sonho com esse momento, você se dá conta?

— Mostre-lhe seu verdadeiro coração, lembre-se do que eu lhe disse, é o único truque de mágica possível. Se ela vir seu coração verdadeiro, seu relógio não irá assustá-la, acredite em mim!

Enquanto espero meia-noite como um Papai Noel apaixonado, o pombo estropiado de Luna vem pousar no meu ombro. Desta vez, a carta não se perdeu. Desdobro-a num estado de excitação comovida.

Meu pequeno Jack,

Esperamos que esteja se virando e cuidando de si. Espere um pouco mais para voltar para casa por causa da polícia.

Carinhosamente,

Doutora Madeleine

A chegada do pombo me encheu de uma alegria louca, mas a mensagem da carta que ele transporta me frustra terrivelmente. Curiosa essa assinatura: DOUTORA Madeleine. E depois eu a teria imaginado mais loquaz. Provavelmente quis poupar seu mensageiro. Mando imediatamente o pombo de volta:

Envie-me cartas longas pelo correio tradicional, pode ser que eu dê um tempo por aqui. Sinto saudades. Preciso ler mais do que algumas palavras presas na pata de uma ave. Tudo vai bem do meu lado, viajo com um relojoeiro ilusionista que faz a manutenção do meu coração.

A polícia deixou-a em paz? Responda-me rápido! Um beijo,

Jack

PS: Extraordinarium, calle Pablo Jardim 7, La Cartura, Granada.

Meia-noite, espero como um bobo-alegre. Visto um suéter azul-elétrico na esperança de vitaminar o verde dos meus olhos. O trem-fantasma está silencioso.

Meia-noite e vinte, nada. Meia-noite e meia, cadê Miss Acácia? Vinte para uma, meu coração esfria, o tique-taque arrefece.

— Ei!

— Estou aqui...

Ela está no corredor, como que equilibrada sobre o capacho. Até sua sombra na porta é sexy. Tenho certeza de que seria ótimo treinar beijos com ela.

— Me disfarcei de você sem saber!

Ela usa um suéter quase idêntico ao meu.

— Desculpe, não tive tempo de arranjar uma roupa adequada para um encontro, mas vejo que aconteceu a mesma coisa com você.

Aquiesço sorrindo, embora pessoalmente eu me sinta nos trinques.

Impossível desgrudar os olhos do movimento suave de seus lábios. Sinto que ela percebe isso. Os silêncios entre as palavras se espaçam, os barulhos produzidos pelo meu relógio começam a atrair seu ouvido.

— Você fez um baita sucesso no trem-fantasma, todas as garotas saíram com um sorriso nos lábios — ela deixa escapar subitamente, pondo fim ao embaraço.

— O que não é bom sinal, supostamente devo *assustar para existir...* Quer dizer, para manter meu emprego aqui.

— Não interessa se você faz rir ou chorar, contanto que provoque uma emoção, é ou não é?

— Aquela velha coruja da Brigitte me disse que não era bom para a imagem do trem-fantasma as pessoas saírem rindo. Acho que terei que aprender a assustar se quiser continuar trabalhando aqui.

— Assustar é uma maneira de seduzir como outra qualquer, e, no que se refere à sedução, você parece se sair muito bem.

Minha vontade é lhe dizer que tenho uma prótese no lugar do coração e que sou uma negação em matéria de amor, quero que ela perceba que o que está acontecendo é único para mim. Sim, tive algumas aulas de bruxaria cor-de-rosa com um ilusionista, mas com o único objetivo de chegar a "ela". Eu queria seduzi-la sem que ela me tomasse por um sedutor. A dosagem é sutil. Então, respondo apenas:

— Eu queria que a gente se abraçasse.

Silêncio, nova careta de boneca manhosa e pálpebras cerradas.

— Mais tarde podemos falar de tudo isso, mas será que antes podemos nos abraçar?

Miss Acácia deixa escapar um pequeno "tudo bem" que mal atravessa seus lábios. Um silêncio afetuoso cai sobre nossos gestos. Ela se aproxima gingando. De perto, é ainda mais bonita que sua sombra — bem mais intimidante também. Rezo a um deus que sequer conheço para que meu relógio não se ponha a carrilhonar.

Nossos braços fazem um excelente trabalho em matéria de mistura de peles. Meu relógio me atrapalha, não me atrevo a apertar muito meu peito no dela. Não convém amedrontá-la com esse coração mal-ajambrado. Mas como não assustar essa almofada de mulher quando ponteiros pontiagudos saem do seu pulmão? O pânico mecânico volta a imperar.

Mantenho-a afastada do lado esquerdo como se eu tivesse um coração de vidro. Isso complica nossa dança, ainda mais considerando a campeã do mundo de tango que ela parece ser. O volume do meu tique-taque aumenta na mesma proporção. As recomendações de Madeleine repassam em flash na minha cabeça. E se eu morresse antes mesmo de beijá-la? Sensação de salto no vazio, alegria do voo, medo do tombo.

Seus dedos se enlanguescem atrás do meu pescoço, os meus perdem-se deliciosamente em algum lugar sob suas omoplatas. Tento fundir sonho e realidade, mas trabalho sem máscara. Nossas bocas se aproximam uma da outra. O tempo se esgarça, está quase parando. Nossos lábios se revelam, é o revezamento mais macio do mundo. Misturam-se delicada e intensamente. Sua língua me causa o efeito de um pardal nascendo sobre a minha, curiosamente tem gosto de morango.

Observo-a esconder seus imensos olhos sob suas pálpebras-sombrinhas e me sinto um halterofilista de montanhas, com o Himalaia no braço esquerdo e as Rochosas no direito. Atlas é um anão medíocre ao meu lado; uma alegria gigante me inunda! O trem apita seus fantasmas a cada um de nossos gestos. O barulho de seus saltos no assoalho nos envolve.

— Silêncio! — uiva uma voz antipática.

Desengatamos num sobressalto. Acordaram o monstro de Loch Ness. Estamos em apneia.

— É você, nanico? O que está tramando aqui, nos trilhos, uma hora dessas?

— Procuro ideias para assustar...

— Procure em silêncio! E não toque nos meus crânios novinhos em folha!

— Pode deixar...

Alarmada, Miss Acácia aconchegou-se um pouco mais no regaço dos meus braços. O tempo parece ter parado, e não quero mais que retome seu curso habitual. A tal ponto que me esqueço de manter meu coração a distância. Ela faz uma careta quando pousa a cabeça no meu peito.

— O que tem aqui embaixo? Espeta!

Não respondo nada, mas sou percorrido pelos suores frios do falsário desmascarado. Penso em mentir, inventar, embromar, mas há tamanha sinceridade em sua pergunta que não consigo. Abro lentamente minha camisa, botão por botão. O relógio aparece, o tique-tique torna-se mais sonoro. Espero a sentença. Ela aproxima sua mão esquerda, sussurrando:

— Mas o que é que é isso?

A compaixão que emana de sua voz dá vontade de ficar doente até o fim da vida para tê-la ao lado como enfermeira. O cuco põe-se a carrilhonar. Ela leva um susto. Ao mesmo tempo que dou uma volta na chave, murmuro:

— Sinto muito. É meu segredo, eu queria lhe contar antes, mas tive medo de assustá-la para sempre.

Explico que o relógio me serve de coração desde o dia do meu nascimento. Não menciono o fato de que o amor — assim como a raiva — me é energicamente desaconselhado em virtude de incompatibilidade orgânica. Ela me pergunta se meus sentimentos poderiam se alterar em caso de mudança de relógio ou se trata-se apenas de um artifício mecânico. Uma estranha malícia clareia sua voz, tudo isso parece deveras diverti-la. Respondo-lhe que a mecânica do coração não pode funcionar sem emoções, mas não me aventuro adiante nesse terreno movediço.

Ela sorri, como se eu lhe explicasse as regras de um jogo delicioso. Nenhum grito de horror, nenhuma risada. Até hoje, somente Arthur, Anna, Luna ou Méliès não ficaram chocados com meu relógio-coração. É um ato de amor muito importante para mim essa maneira que ela tem de me sugerir "Você tem um cuco entre os ossos? E daí?" Que simplicidade, que simplicidade...

Apesar disso, não devo me entusiasmar muito. Talvez através de seus olhos estragados o relógio pareça menos repugnante.

— Prático esse negócio. Quando você se cansar, como todos os homens, posso tentar substituir seu coração antes de você me substituir por outra.

— Nós nos beijamos pela primeira vez há exatamente 37 minutos pelo relógio do meu coração, acho que ainda temos um tempinho antes de pensar nessas coisas.

Até seus acessos de "me-engana-que-eu-gosto" começam a ganhar um aspecto gracioso.

Acompanho Miss Acácia a passo de lobo, abraço-a como um lobo, desapareço julgando-me um lobo.

Acabo de beijar a garota com língua de pássaro e nada mais será como antes. Minhas engrenagens palpitam como um vulcão impetuoso. De toda forma, não sinto dor em lugar nenhum. Quer dizer, sim, apesar de tudo, sinto uma fisgada no baço. Mas digo comigo que depois de tamanha embriaguez de alegria, é um preço pequeno a ser pago. Hoje à noite, vou escalar a lua, me instalar no crescente como se fosse uma rede e não terei nenhuma necessidade de dormir para sonhar.

8

No dia seguinte, Brigitte Heim me acorda com sua voz de bruxa não mágica.

— De pé, nanico! É melhor trabalhar e assustar as pessoas hoje, senão despeço-o por justa causa.

Cedinho, sua voz de vinagre me dá enjoo. Estou de ressaca amorosa; o despertar é violento.

Será que ontem à noite não misturei um pouco demais meus sonhos com a realidade? Será que ainda terei direito a toda essa efervescência da próxima vez? Essa ideia é suficiente para eu sentir cócegas no meu relógio. Sei perfeitamente que estou indo de encontro às recomendações de Madeleine. Nunca fiquei tão feliz e tão angustiado ao mesmo tempo.

Passo para visitar Méliès para ele dar uma geral no meu relógio.

— Seu coração nunca funcionou tão bem, meu rapaz — ele assegura. — Você deveria se olhar no espelho quando evoca o que aconteceu ontem à noite, veria nos seus olhos que o barômetro do seu coração está bem no prumo.

Perambulo o dia inteiro pelo trem-fantasma curtindo a ideia de que à noite ainda poderei dar uma de alquimista.

Nos encontramos apenas à noite. Sua orgulhosa vaidade me avisa de sua chegada, pois ela sempre esbarra em alguma coisa. É sua maneira de bater à porta do trem-fantasma.

Nos amamos como dois fósforos vivos. Não falamos, pegamos fogo. Não falamos mais de beijos, mas de "incêndio", meu corpo é um terremoto de um metro e sessenta e seis e meio. Meu coração escapa de seu embrulho-prisão. Corre pelas artérias, instalando-se sob meu crânio para virar cérebro. Em cada músculo e até na ponta dos dedos, coração! Sol feroz e onipresente. Doença cor-de-rosa com reflexos vermelhos.

Não posso mais prescindir de sua presença; do cheiro de sua pele, do som de sua voz, de seu jeito malicioso de ser a garota mais forte e mais frágil do mundo. Sua mania de não usar óculos para ver o mundo através da tela de fumaça de sua vista estragada; sua maneira peculiar de se proteger. Ver sem ver de verdade e, sobretudo, sem se fazer notar.

Descubro a estranha mecânica de seu coração. Ela funciona com um sistema de casca autoprotetora ligada à abissal falta de confiança que a impregna. Uma ausência de autoestima brigando com uma determinação fora do comum. As faíscas produzidas por Miss Acácia cantando sob os estilhaços de suas próprias fissuras. Ela é capaz de projetá-las no palco, mas, assim que a música para, ela perde o equilíbrio. Ainda não descobri a engrenagem enguiçada nela.

O código de entrada de seu coração muda todas as noites. Às vezes, a casca é dura como uma rocha. Em vão tentei mil combinações em forma de carícias e palavras reconfortantes, permaneço na porta. Mas gosto tanto de fazer essa casca rachar! Ouvir esse pequeno ruído quando ela se fragmenta, ver a covinha que se escava no canto de seus lábios parecendo dizer "Sopre!". O sistema de proteção que se esboroa.

— Como domar uma faísca. Era de um manual desses que eu precisava! — eu disse a Méliès.

— Um compêndio de alquimia absoluta, você quer dizer... Rá, rá! Mas faíscas não são domáveis, meu rapaz. Você se veria tranquilamente instalado na sua casa com uma faísca na gaiola? Ela se inflamaria e o chamuscaria junto, você não conseguiria sequer se aproximar das barras.

— Não quero prendê-la na gaiola, quero apenas dar-lhe mais autoconfiança.

— Alquimia absoluta, não tem outro jeito!

— Digamos que eu sonhasse com um amor do tamanho da colina de Arthur's Seat e me deparasse com uma cordilheira crescendo diretamente sob meus ossos.

— É uma oportunidade excepcional, fique sabendo: pouca gente se aproxima dessa sensação.

— Pode ser, mas agora que provei dela, não posso mais ficar sem ela! E quando ela se fecha fico completamente desamparado.

— Contente-se em desfrutar dos momentos em que tudo isso o atravessa. Também conheci uma faísca, posso lhe dizer que essas garotas são como a meteorologia das montanhas: imprevisíveis! Mesmo que Miss Acácia o ame, você nunca conseguirá domá-la.

Nos amamos em segredo. Temos apenas trinta anos os dois juntos. Ela é a pequena cantora célebre desde a infância. Sou o forasteiro que trabalha no trem-fantasma.

O Extraordinarium funciona como uma aldeia, todo mundo se conhece e os mexericos correm soltos. Há os invejosos, os carinhosos, os moralistas, os mesquinhos, os corajosos e os bem-intencionados intrusivos.

Por mim, eu planaria acima desse disse me disse, nem que fosse para beijá-la mais um pouquinho. Miss Acácia, ao contrário, finca o pé e não aceita a ideia de que alguém venha a conhecer nosso segredo.

Essa situação vem muito bem a calhar no início, sentíamo-nos um pouco piratas, e a sensação mágica de fugir do mundo nos permitia resistir.

Mas quando a grande sensação amorosa se confirma além do primeiro relâmpago, ela desembarca como um navio-cargueiro numa banheira. Então, precisamos de espaço, cada vez mais espaço... Em vão nos deleitamos com a lua, queremos também o sol.

— Vou beijá-la na frente de todo mundo, não corremos nenhum risco.

— Eu também gostaria de beijá-lo à luz do dia e fazer as coisas que todo mundo faz. Mas enquanto não formos vistos estaremos a salvo dos mexericos. Nunca mais viveremos em paz se pessoas como Brigitte Heim descobrirem nosso segredo.

Naturalmente o açúcar das palavrinhas que ela enfia no meu bolso é saboroso e eu as enfiaria na boa debaixo da minha língua. Mas tolero cada vez menos ter de vê-la fugir pelos interstícios da noite quando vem chegando a madrugada. A agulha de seus saltos que marca a cadência de seu afastamento me causa novas insônias. Sinto dor nas costas quando amanhece e os passarinhos me avisam que não me resta mais muito tempo para dormir.

Em poucos meses, nosso amor cresceu sem parar. Já não lhe basta nutrir-se exclusivamente nos seios da noite. Mandem sol e vento, precisamos de cálcio para os ossos de nossas fundações. Quero tirar a máscara de morcego romântico. Quero amor à luz do dia.

Quase um ano após nossos primeiros incêndios, a situação continuou sem evoluir. Nem mais, nem menos. Não consigo mitigar sua angústia de nos expor. Méliès me aconselha ser paciente com Miss Acácia. Estudo a mecânica de seu coração com paixão, tento abrir suas fechaduras herméticas empregando verdadeiras cruzadas. Mas alguns lugares parecem trancados para sempre.

Sua reputação de cantora inflamada extrapola agora o âmbito do Extraordinarium. Gosto de escutá-la cantar nos cabarés das cidades vizinhas. Sentir o vento em seus movimentos flamencos. Chego sempre depois do início do espetáculo, e evaporo antes do fim, para que ninguém repare em minha presença assídua.

Após o espetáculo, hordas de homens bem-vestidos esperam sob a chuva para lhe oferecer buquês de flores maiores do que ela. Cortejam-na debaixo do meu nariz. Escondido na orla de uma floresta de sombras, estou proibido de me mostrar. Eles se maravilham com seu talento de grande pequena cantora. Conheço na ponta dos dedos seu fogo sagrado, ela o destila sobre todos os palcos que pisa. Vejo-me à margem de sua vida social. Ver essas faíscas brilharem nos olhos de uma penca de homens com o coração saudável me causa o efeito de um terrível retorno da chama. O outro lado da medalha amorosa ameaça com seus sombrios reflexos, descubro que também sinto ciúmes.

Esta noite, decidi tentar uma experiência para conservá-la na minha cama. Vou bloquear meus ponteiros e parar o tempo. Só reiniciarei o mundo se ela me pedir. Madeleine tinha me proibido de tocar neles, pois temia que eu interferisse no curso do tempo. Se Cinderela tivesse um relógio no coração, teria parado o tempo faltando um minuto para a meia-noite e teria brilhado no baile a vida inteira.

Enquanto Miss Acácia calça seus escarpins com uma das mãos e se penteia com a outra, imobilizo o ponteiro dos minutos. São 4h37 há uns bons 15 minutos no relógio do meu coração quando a liberto. Nesse ínterim, Miss Acácia desapareceu no labirinto silencioso do Extraordinarium, os primeiros pássaros do amanhecer acompanham o barulho de seus passos.

Eu queria ter um pouco mais de tempo para observar à vontade seus tornozelos de almofada, para subir ao longo de suas panturrilhas aerodinâmicas até os seixos de âmbar que lhe serviam de joelhos. Então eu teria percorrido suas coxas entreabertas para pousar na mais macia das pistas de aterrissagem. Ali, eu teria treinado para me tornar o grande acariciador-beijador do mundo. Aplicarei o golpe sempre que ela quiser ir embora. Bloqueio temporal, seguido de um curso de línguas não estrangeiras. Então reiniciarei o mundo, ela se sentirá comovida e não resistirá à ideia de passar mais alguns verdadeiros minutos luminosos no cafofo da minha cama. E durante esses instantes roubados ao tempo, ela só existirá para mim.

Porém, embora essa velha geringonça saiba perfeitamente me indicar o tempo decorrido tiquetaqueando durante minhas insônias, ela se recusa a me ajudar no campo da magia. Permaneço sentado sozinho na minha cama tentando na medida do possível aliviar minhas dores de relógio apertando minhas engrenagens entre os dedos. Ah, Madeleine, você ficaria furiosa!

Na manhã seguinte, decido fazer uma visita a Méliès. Ele montou uma oficina na qual trabalha duro em seu sonho de fotografia que mexe. Passo para vê-lo quase todas as tardes, antes de seguir para o trem-fantasma. Surpreendo-o frequentemente com "belas". Um dia, morena de cabelos compridos; no dia seguinte, ruiva baixinha. Ainda assim, ele continua a trabalhar na famosa viagem à lua que gostaria de oferecer à mulher da sua vida.

— Eu me trato desse amor perdido a golpes de reconforto, é uma medicina sutil que corrói um pouco às vezes, mas que me permite me reconstruir. A bruxaria cor-de-rosa voltou-se contra mim; já lhe disse que nada funciona sempre da mesma forma. Preciso passar por uma certa reeducação agora antes de me lançar novamente nas grandes sensações. Mas não me tome como exemplo. Continue a soldar os sonhos na realidade, sem esquecer o mais importante: é por você que Miss Acácia está apaixonada hoje.

9

Diariamente Brigitte Heim ameaça me botar no olho da rua se eu persistir em transformar seu trem-fantasma num trem cômico, mas não chega a fazê-lo em razão da afluência dos fregueses. Empenho todos os meus esforços para assustá-los, mas nem por isso deixo de fazer graça involuntariamente. De nada adianta eu cantar *Oh When the Saints* mancando como Arthur, quebrar ovos na quina do meu coração no silêncio da curva dos candelabros, passar o arco nas minhas engrenagens para extrair melodias rangentes e terminar por pular de vagão em vagão até o colo das pessoas, nada funciona, todos riem às gargalhadas. Meus efeitos-surpresa fracassam sistematicamente, pois meu tique-taque repercute em todo o pavilhão, os fregueses sabem exatamente quando supostamente devo surpreendê-los, alguns habituês chegam a rir antecipadamente. Méliès, por sua vez, acha que estou apaixonado demais para provocar medo de verdade.

Miss Acácia vem de tempos em tempos dar uma volta de trem-fantasma. Meu relógio tiquetaqueia cada vez mais alto quando a vejo instalar sua bundinha de passarinho no banquinho do vagonete. Enfio alguns "incêndios" em seus bolsos esperando nosso encontro noturno.

Vamos, venha minha árvore florida, esta noite apagaremos a luz e eu depositarei óculos sobre teus brotos. Com a ponta dos galhos você roçará a abóbada celeste e balançará o tronco invisível que sustenta a lua. Novos sonhos cairão como neve quente a nossos pés. Você fincará na terra suas raízes em forma de salto-agulha, profundamente arraigadas. Permita-me escalar seu coração de bambu, quero dormir ao seu lado.

O relógio dá meia-noite. Observo algumas lascas de madeira na minha cama; meu relógio está carcomido em certos lugares. Miss Acácia aparece sem óculos, mas com um olhar tão circunspecto como se tivéssemos uma reunião de negócios.

— Você estava estranho ontem à noite, me deixou até ir embora sem se despedir, sem um beijo, sem nada. Você manipulava seu relógio, hipnotizado. Tive medo que se cortasse nos ponteiros.

— Desculpe, eu só queria tentar alguma coisa para você ficar um pouco mais, mas não funcionou.

— Não, não funcionou. Não venha com essa pra cima de mim. Eu te amo, mas você sabe muito bem que não posso ficar até de manhã.

— Eu sei, eu sei... foi justamente por isso que tentei...

— Aliás, você podia tirar seu relógio quando estamos a sós, estou ficando com uns roxos quando a gente...

— Tirar meu relógio? Mas não posso!

— Claro que pode! Por acaso eu fico com a minha maquiagem de palco quando encontro você debaixo dos lençóis?

— Às vezes, sim! E você fica linda nua com os olhos pintados.

Uma ligeira clareira surge entre seus cílios.

— Em contrapartida, nunca posso tirar meu relógio, ele não é um enfeite!

Ela responde retorcendo sua grande boca elástica à guisa de "não acredito em você nem setenta por cento..."

— Sabe, gosto da maneira como você acredita nos seus sonhos, mas às vezes é bom botar os pés no chão, crescer. Não pode passar sua vida com ponteiros saindo para fora do casaco — ela declara num tom de professora primária.

Desde o nosso primeiro encontro nunca estive tão longe de seus braços estando ao mesmo tempo no mesmo cômodo.

— Posso, sim. É o meu jeito de funcionar. Esse relógio faz parte de mim, é ele que faz meu coração bater, é vital para mim. Estou ligado a ele. Tento usar o que sou para transcender as coisas, para existir. Exatamente como você no palco, quando canta, é a mesma coisa.

— Não é a mesma coisa, bandido! — ela diz, alisando meu mostrador com a ponta das unhas.

A ideia de que ela possa pensar que meu relógio seja um "enfeite" me congela o sangue. Eu não poderia amá-la se tomasse seu coração por uma fraude, seja de vidro, carne ou casca de ovo.

— Fique com ele se quiser, mas cuidado com os ponteiros...

— Será que acredita em mim cem por cento?

— Eu diria que por enquanto setenta por cento, cabe a você me mostrar que posso chegar a cem por cento, Little Jack...

— Por que me faltam trinta por cento?

— Porque conheço bem os homens!

— Não sou "os homens".

— É nisso que acredita?

— Exatamente!

— Você é um ilusionista nato! Até seu coração é uma ilusão!

— Meu coração é minha única e verdadeira ilusão!

— Está vendo, você tem sempre uma resposta. Mas é disso que gosto em você também.

— Não quero que goste "disso em mim", quero que goste "de mim inteirinho".

Suas pálpebras em forma de sombrinhas pretas piscam no ritmo dos tique-taques do meu coração. Várias expressões divertidas e dubitativas desfilam no canto desses lábios que faz tempo não beijo. As palpitações se aceleram sob meu mostrador. Um pinicar bem conhecido.

Ela então dispara seu rufar de tambor que propicia as coisas doces, um esboço de covinha se acende.

— Te amo inteirinho — conclui.

Aplica suas mãos estratégicas, fico sem fôlego. Meus pensamentos diluem-se no meu corpo. Ela apaga a luz.

Seu pescoço está salpicado de moscas minúsculas, constelação que desce até os seios. Viro astrônomo de sua pele, enfio meu nariz em suas estrelas. Sua boca entreaberta me deixa estrábico, tenho bolhas no sangue e faíscas entre as coxas. Aliso-a com todas as minhas forças, ela desabrocha para mim com todas as suas. De suas mãos escoa uma doce eletricidade. Eu me aproximo mais.

— Para aumentar minhas estatísticas de confiança, vou lhe dar a chave do meu coração. Não pode arrancá-lo, mas pode fazer o que quiser com ele, exatamente quando quiser. Apesar de tudo, você *é* a chave que me abre plenamente. E, uma vez que deposito total confiança em você, você botará seus óculos e me deixará admirá-la através das lentes, concorda?

Minha pequena cantora aceita e prende os cabelos. Seus olhos irrompem de seu rosto de corsa elegante. Em seguida, calça um par de óculos de Madeleine inclinando a cabeça de lado. Ah, Madeleine, se você visse isso, ficaria furiosa!

Eu poderia lhe dizer que a acho sublime de óculos, mas como ela não acreditará em mim prefiro acariciar sua mão. Rumino que talvez me vendo tal como sou ela me ache menos do gosto dela. É minha vez de me angustiar.

Ponho minha chave em sua mão direita. Morro de medo, isso faz um barulho de trem miniatura.

— Por que você tem dois buracos?

— O da direita é para abrir, o da esquerda para acertar.

— Posso abrir?

— Pode.

Ela enfia delicadamente a chave na minha fechadura direita. Fecho os olhos mas depois abro, como quando beijamos longamente, para observar o "incêndio".

Suas pálpebras estão fechadas, magnificamente fechadas. É um momento de espantosa serenidade. Ela pega uma engrenagem entre seu polegar e seu indicador, suavemente, sem diminuir seu ritmo. Uma torrente de lágrimas brota de mim de repente e me congestiona. Ela afrouxa seu sutil abraço e as torneiras da melancolia param de correr. Miss Acácia acaricia uma segunda engrenagem — está me fazendo cócegas no coração? Rio ligeiramente, apenas um sorriso sonoro. Então, sem largar a segunda engrenagem com a mão direita, ela volta à primeira com os dedos da esquerda. Quando enfia seus lábios até os meus dentes, tenho a impressão de que se trata da fada azul, a de Pinóquio, mas além de tudo verdadeira. Só que não é meu nariz que cresce. Ela percebe isso, acelera seus movimentos, aumentando progressivamente a pressão sobre minhas engrenagens. Sons escapam da minha boca sem que eu possa retê-los. Estou perplexo, constrangido, mas acima de tudo excitado. Ela opera minhas engrenagens como se fossem potenciômetros, meus suspiros transformam-se em rugidos.

— Me deu uma vontade de tomar um banho... — ela murmura.

Faço sinal de que tudo bem, não vejo por que não estaria tudo bem, aliás. Quico sobre meus artelhos para ir até o banheiro preparar um bom banho escaldante.

Ajo silenciosamente, para não acordar Brigitte. A parede do quartinho é a mesma do quarto dela, dá para ouvi-la tossir.

Os reflexos prateados dão a impressão de que o céu e suas estrelas acabam de cair na banheira. É maravilhoso, uma torneira comum que espalha estrelas preguiçosas no silêncio da noite. Entramos delicadamente na água a fim de não revolver aquela delícia. Somos dois macarrões estrelados, grande formato. E fazemos amor o mais lentamente possível apenas com nossas línguas. Com os esguichos da água, julgamo-nos cada um no ventre do outro. Raramente senti coisa tão agradável.

Sussurramos gritos. Convém moderação. De repente ela se levanta, se volta e nos transformamos em animais da selva.

Eu termino estirado, como se acabasse de morrer num bangue-bangue e ela começa a uivar lentamente. O cuco manifesta-se em câmera lenta. Ah, Madeleine...

Miss Acácia dorme. Observo-a durante um longo momento. O comprimento de seus cílios pintados acentua a ferocidade de sua beleza. Ela é tão desejável que me pergunto se sua profissão de cantora não a teria condicionado a ponto de ela fazer poses para pintores imaginários mesmo em pleno sono. Parece um quadro de Modigliani, um quadro de Modigliani que ronca um pouquinho.

Sua vida de pequena cantora que sobe inexoravelmente retoma seu curso a partir do dia seguinte, com seu cortejo de pessoas que, espécie de fantasmas de carne, vadiam em torno dela sem função precisa.

Toda essa fauna perfumada me assusta mais que uma matilha de lobos em noite de lua cheia. Tudo é fingido, falação mais oca que um mausoléu. Acho-a corajosa por flutuar nesse turbilhão de strass e abjeção.

Um dia eles vão enviá-la para a Lua a fim de testar as reações dos extraterrestres ao exotismo. Ela cantará, dançará, responderá às perguntas dos jornalistas da Lua, será fotografada e terminará nunca mais voltando. Às vezes rumino que só faltava Joe no papel da cereja sifilítica sobre o bolo podre.

Na semana seguinte, Miss Acácia canta em Sevilha. Ressuscito a tábua com rodinhas fabricada por Méliès e com ela vou cavalgar as montanhas vermelhas para encontrá-la em seu quarto de hotel no fim do show.

No caminho, o pombo-correio me entrega outra carta de Madeleine. Apenas algumas palavras, sempre as mesmas — palavras que não têm nada a ver com ela. Eu queria muito mais... Gostaria imensamente que ela conhecesse Miss Acácia. Claro, Madeleine teria medo por causa do amor, mas a personalidade da minha cantora lhe agradaria. Imaginar essas duas lobas conversando constitui um doce sonho que não cessa de me embalar.

No dia seguinte ao concerto, passeamos por Sevilha como autênticos namorados. A temperatura é agradável, um vento quente nos acaricia a pele. Nossos dedos mostram-se desajeitados para fazer as coisas das pessoas normais à luz do dia. À noite, teleguiados pela vontade, eles se conhecem de cor, mas agora parecem quatro mãos esquerdas às quais alguém pedisse para escrever "bom-dia".

Somos destrambelhados da cabeça aos pés, um autêntico casal de vampiros que saiu para fazer compras na feira sem óculos escuros. O cúmulo do romantismo. E, para nós, namorar tranquilamente às margens do rio Guadalquivir em pleno meio de tarde é o auge do erotismo.

Acima dessa felicidade simples e evidente paira todavia uma nuvem de ameaças. Tenho orgulho dela como nunca tive orgulho de nada. Mas à medida que o tempo passa os olhares extasiados dos machos da minha espécie tornam-se cada vez mais invejosos. Tranquilizome matutando que talvez, sem óculos, ela não enxergue esse rebanho de mais bonitos que eu. Entretanto, sintome solitário em meio a essa multidão cada vez maior que vem aplaudi-la, quando sou obrigado a reassumir o meu papel de forasteiro e voltar sozinho para o meu sótão de sombras.

Ainda mais sozinho na medida em que ela não aceita a ideia de que eu sofra com isso. Acho que continua sem acreditar no meu relógio-coração.

Ainda não expliquei a ela que, com este coração improvisado, meu comportamento era tão perigoso quanto o de um diabético que se empanturrasse de bombas de chocolate a noite inteira. Não tenho certeza de ter vontade de lhe contar. A crer nas teorias de Madeleine, encontro-me presentemente a dois dedos da morte.

Será que estarei à altura? Será que meu velho berloque de coração vai resistir?

E, para apimentar esse molho já bem picante, Miss Acácia sente no mínimo tanto ciúme quanto eu. Suas sobrancelhas se franzem como as de uma leoa prestes a saltar assim que uma cabritinha quase ludibriada entra no meu campo de visão, mesmo fora do trem-fantasma.

No início, eu achava isso lisonjeador, sentia-me capaz de voar por cima de todos os obstáculos. Minhas asas eram novas, eu tinha certeza de que ela acreditava em mim. Mas ao descobrir que me tomava por um trapaceiro, senti-me fragilizado. No fundo de minhas solidões noturnas, também avariei minha autoconfiança.

Não é mais um molho picante nossa história, mas uma sopa de ouriços.

10

Um dia, um homem estranho irrompeu no trem-fantasma para me roubar o emprego de assustador. Nesse dia, a sopa de ouriços começou a ficar atravessada na minha garganta.

Ele é alto, muito alto. Sua cabeça parece ultrapassar o teto do trem-fantasma. Seu olho direito é ocultado por uma venda preta. Seu olho esquerdo varre o Extraordinarium como a luz de um farol o faria no mar. Acaba por estabilizar-se na silhueta de Miss Acácia. E não desgruda mais dela.

Brigitte, que acaba perdendo as esperanças de me ver brilhar num espetáculo baseado no medo, contrata-o imediatamente. Estou no olho da rua. Acontece tudo muito rápido, rápido demais para mim. Agora vou ter que pedir a Méliès para morar na sua oficina. Não sei como a minha preciosa intimidade com a minha pequena cantora vai poder resistir nessas condições.

Miss Acácia canta hoje à noite num teatro da cidade. Como de costume, esgueiro-me até o fundo da plateia depois da primeira canção. O novo assustador está sentado na primeira fila. É tão alto que atrapalha a visão de metade da plateia. Eu, em todo caso, não vejo nada.

Aquele olho apontado para os de Miss Acácia faz minha camisa estufar. A noite inteira, mesmo depois do concerto, ele não desligou seu radar. Minha vontade é falar para esse poste ambulante ir para o quinto dos infernos. Mas me seguro. Meu coração, por sua vez, não demora a esgoelar-se, em lá menor um tanto em falsete. Toda a plateia se volta para rir. Alguns me perguntam como faço esses barulhos bizarros, depois um me interpela:

— Estou te reconhecendo! Você é o cara que faz todo mundo rir no trem-fantasma.

— Não trabalho mais lá desde ontem.

— Ah, desculpe... Muito divertido seu truque, em todo caso.

Vejo-me novamente propelido no pátio da escola. Evaporada, a confiança adquirida nos braços de Miss Acácia. Todo o meu ser se fragmenta lentamente.

Terminado o show, difícil não me abrir para a eleita do meu coração, que exclama:

— Aquele desengonçado? Deus me livre...

— Ele parece hipnotizado por você.

— Você, que fala o tempo todo em confiança, agora vai criar caso por causa de um pirata zarolho?

— Não a censuro por nada, estou percebendo tudo, é ele quem ronda à sua volta como um tubarão.

Estou desestabilizado, pois, embora confie nela, desconfio que esse pirata vai fazer tudo que pode para seduzi-la. Alguns olhares não enganam, mesmo quando lançados por um único olho. Pior, sua intensidade é redobrada.

Mas a hora em que a sopa de ouriços torna-se realmente picante é quando o desengonçado zarolho se aproxima da gente e vocifera:

— Não me reconhecem?

No momento em que ele pronuncia essas palavras, um longo calafrio percorre minha coluna vertebral. Essa sensação, que conheço bem e detesto mais que tudo, eu não a sentia desde a escola.

— Joe! Mas o que faz aqui? — exclama Miss Acácia, embaraçada.

— Fiz uma longa viagem para encontrar vocês dois, uma longuíssima viagem...

Sua elocução é lenta. Afora o olho e alguns pelos de barba, não mudou nada. Estranho eu não tê-lo reconhecido de cara. Não consigo acreditar que Joe está aqui, de verdade. Repito para mim atropeladamente a fim de me dar coragem: "Aqui não é sua praia, Joe, você vai voltar agora mesmo pro fundo das suas brumas escocesas."

— Vocês se conhecem? — pergunta Miss Acácia.

— Estudávamos juntos na escola. Somos, digamos... velhos amigos — ele responde, sorrindo.

Estou petrificado de ódio. Eu certamente furaria seu segundo olho para devolvê-lo ao seu lugar, mas tento manter a calma diante da minha pequena cantora.

125

— Vamos ter que ter uma conversinha — ele diz, fitando-me com seu olho frio.

— Amanhã ao meio-dia, em frente ao trem-fantasma, cara a cara.

— Tudo bem. E não se esqueça de levar a cópia das chaves — ele responde.

Nessa mesma noite, Joe instala-se realmente no meu antigo quarto. Vai dormir na cama onde Miss Acácia e eu conhecemos nossos primeiros arroubos, vai passear pelos corredores onde tantas vezes nos beijamos, perceber os restos de nossos sonhos nos espelhos... Do banheiro onde nos escondemos, podemos ouvi-lo instalando seus pertences.

— Joe é um dos seus ex-namorados, é isso?

— Oh, namorado... Eu era uma criança. Quando o vejo agora, pergunto-me como pude me interessar por um garoto como ele!

— Eu também, fico me perguntando... E pergunto a você também, aliás!

— Ele era uma espécie de xerife da escola, impressionava todo mundo na época. Eu era muito jovem, só isso. Que coincidência esquisita nós dois o conhecermos!

— Na realidade, não.

Não quero lhe contar a história do olho. Tenho medo que ela me tome por um perigoso maníaco. Sinto o cerco se fechar à minha volta, inexoravelmente. Uma única coisa me tortura: Joe está de volta e não faço ideia de como controlar a situação.

— Por que ele pediu a cópia das chaves?

— Brigitte Heim acaba de contratá-lo para o trem-fantasma no meu lugar. A partir de hoje à noite, ele passa a ocupar o meu quarto.

— Essa boa mulher não entende nada.

— O problema é Joe!

— Ela o teria demitido de toda forma, você sabe muito bem. Arranjaremos outros esconderijos, não ligue... Passaremos as noites no cemitério se for preciso, assim você poderá fingir que me dá flores de verdade! Vamos, não se preocupe, você arranjará um emprego em outro lugar. Talvez nem precise mais assustar para existir. Estou convencida de que se concentrando no que sabe fazer você vai encontrar coisa bem melhor que o trem-fantasma. E não transforme o retorno de Joe num dramalhão. Não quero ninguém a não ser você, tem consciência disso?

Essas poucas palavras se acendem dentro de mim, depois se apagam rapidamente. A angústia tece uma teia de aranha na minha garganta, minha voz foi capturada na armadilha. Eu gostaria de me mostrar forte, mas racho dos pés à cabeça. Vamos, velho tambor, precisa aguentar o tranco!

Tento reiniciar a mecânica do meu coração, mas tudo é vão, embrenho-me nas brumas escuras de minhas recordações de infância. Como na escola, o medo volta a prevalecer. Ah, Madeleine, você ficaria furiosa... Mas eu gostaria tanto que viesse me sussurrar seus *Love is dangerous for your tiny heart* no meu ouvido esta noite. Preciso tanto de você agora...

O sol bate no telhado do trem-fantasma. No relógio do meu coração, é meio-dia em ponto. Enquanto espero Joe, minha pele de ruivo pega fogo lentamente. Três urubus rodopiam em silêncio.

Ele está de volta para se vingar de mim, e me roubar Miss Acácia representaria evidentemente a vingança absoluta, sei disso. Espero por ele. As arcadas do Alhambra engolem suas sombras. Uma gota de suor brilha na minha testa e cai no meu olho direito. O sal que ela deposita nele dispara uma lágrima.

Joe aparece na esquina da rua principal, que atravessa o Extraordinarium. Tremo, mais de raiva que de medo. Adoto uma atitude que se pretende relaxada, ao passo que sob a minha pele minhas engrenagens se carbonizam. As palpitações do meu coração fazem mais barulho que a pá de um coveiro.

Joe imobiliza-se a uma dezena de metros de mim, de frente. Sua sombra lambe a poeira de seus passos.

— Eu queria revê-lo, e não para me vingar, ao contrário do que você pode achar.

Sua voz continua uma arma temível. Como a de Brigitte Heim, tem o dom de estilhaçar o vidro dos meus sonhos.

— Não acho nada. Você me humilhou e me bateu anos a fio. Um dia, a coisa terminou se voltando contra você. Penso que estamos quites.

— Admito que o atormentei dando um gelo em você na escola. Só me dei conta do seu sofrimento depois, quando fiquei zarolho. Vi os olhares assustados. Senti as pessoas mudarem de comportamento. Algumas me evitavam como se eu fosse contagioso, como se falando comigo fossem perder seus próprios olhos. Com o tempo fui me conscientizando do mal que lhe causei...

— Mas suponho que não tenha atravessado metade da Europa para vir se desculpar...

— É, tem razão. Ainda temos umas contas a acertar. Nunca se perguntou por que cismei com você?

— No início, sim... Tentei até lhe falar, mas você reagia como uma parede de tijolos. Pois é, eu morava na casa da "bruxa que faz as pessoas saírem da barriga das putas", para repetir o que você repetia para mim amavelmente ao longo do dia... E depois eu era o bicho novo, o menor da classe, e meu coração fazia barulhos estranhos, é fácil troçar de mim e me dominar fisicamente. A presa ideal, para resumir... Até aquele maldito dia em que você passou dos limites.

— Isso em parte é verdade. Mas cismei com você principalmente porque no primeiro dia de aula você me perguntou se eu conhecia aquela que você chamava na época de "pequena cantora". Aquele dia, para mim, você assinou sua condenação à morte. Eu estava loucamente apaixonado. Tentei sem sucesso me aproximar de Miss Acácia durante todo o ano escolar antes da sua chegada. Mas um dia de primavera, enquanto ela patinava no rio congelado cantando como era seu hábito, o gelo rachou sob seus pés. Com minhas pernas compridas e meus braços imensos, consegui tirá-la daquela atribulação. Ela poderia ter morrido. Revejo-a ainda tiritando entre meus braços. A partir desse dia, não nos largamos mais, até o início do verão. Nunca senti tamanha felicidade. Mas no dia da volta às aulas, após ter sonhado reencontrá-la as férias inteiras, soube que ela tinha permanecido em Granada, e que ninguém sabia quando iria voltar.

Quando Joe pronuncia a palavra "sonhado" vejo inesperadamente um pastor-alemão em vias de degustar um croissant e prestando atenção para não espalhar migalhas sobre sua pelagem.

— E no mesmo dia você irrompe com seus ares de gnomo de papelão para me dizer que quer encontrá-la para presenteá-la com óculos! Não contente em sofrer com a ausência dela, vejo-me diante de você, que decuplica meu ciúme me lembrando claramente o hediondo ponto em comum que nos liga ainda hoje: nosso amor desvairado por Miss Acácia. Lembro-me do barulho que seu coração fazia quando você falava dela. Odiei-o na mesma hora. O som do seu tique-taque representava para mim o instrumento de medida do tempo que se escoava sem ela. Um instrumento de tortura recheado com seus sonhos de amor pela *minha* Miss Acácia.

— Isso não justifica as humilhações diárias que você me impôs, eu não podia adivinhar o que tinha acontecido antes da minha chegada.

— Sei muito bem, mas as humilhações diárias que eu lhe impus não merecem ISSO!

quando fiquei zarolho. Vi os olhares assustados. Senti as pessoas mudarem de comportamento. Algumas me evitavam como se eu fosse contagioso, como se falando comigo fossem perder seus próprios olhos. Com o tempo fui me conscientizando do mal que lhe causei...

— Mas suponho que não tenha atravessado metade da Europa para vir se desculpar...

— É, tem razão. Ainda temos umas contas a acertar. Nunca se perguntou por que cismei com você?

— No início, sim... Tentei até lhe falar, mas você reagia como uma parede de tijolos. Pois é, eu morava na casa da "bruxa que faz as pessoas saírem da barriga das putas", para repetir o que você repetia para mim amavelmente ao longo do dia... E depois eu era o bicho novo, o menor da classe, e meu coração fazia barulhos estranhos, é fácil troçar de mim e me dominar fisicamente. A presa ideal, para resumir... Até aquele maldito dia em que você passou dos limites.

— Isso em parte é verdade. Mas cismei com você principalmente porque no primeiro dia de aula você me perguntou se eu conhecia aquela que você chamava na época de "pequena cantora". Aquele dia, para mim, você assinou sua condenação à morte. Eu estava loucamente apaixonado. Tentei sem sucesso me aproximar de Miss Acácia durante todo o ano escolar antes da sua chegada. Mas um dia de primavera, enquanto ela patinava no rio congelado cantando como era seu hábito, o gelo rachou sob seus pés. Com minhas pernas compridas e meus braços imensos, consegui tirá-la daquela atribulação. Ela poderia ter morrido. Revejo-a ainda tiritando entre meus braços. A partir desse dia, não nos largamos mais, até o início do verão. Nunca senti tamanha felicidade. Mas no dia da volta às aulas, após ter sonhado reencontrá-la as férias inteiras, soube que ela tinha permanecido em Granada, e que ninguém sabia quando iria voltar.

Quando Joe pronuncia a palavra "sonhado" vejo inesperadamente um pastor-alemão em vias de degustar um croissant e prestando atenção para não espalhar migalhas sobre sua pelagem.

— E no mesmo dia você irrompe com seus ares de gnomo de papelão para me dizer que quer encontrá-la para presenteá-la com óculos! Não contente em sofrer com a ausência dela, vejo-me diante de você, que decuplica meu ciúme me lembrando claramente o hediondo ponto em comum que nos liga ainda hoje: nosso amor desvairado por Miss Acácia. Lembro-me do barulho que seu coração fazia quando você falava dela. Odiei-o na mesma hora. O som do seu tique-taque representava para mim o instrumento de medida do tempo que se escoava sem ela. Um instrumento de tortura recheado com seus sonhos de amor pela *minha* Miss Acácia.

— Isso não justifica as humilhações diárias que você me impôs, eu não podia adivinhar o que tinha acontecido antes da minha chegada.

— Sei muito bem, mas as humilhações diárias que eu lhe impus não merecem ISSO!

Ele levanta sua venda bruscamente, seu olho é uma espécie de clara de ovo suja de sangue e carcomida por varizes cinza-azuladas.

— Repito — ele prossegue —, essa deficiência me ensinou muito, sobre mim e sobre a vida. No que nos diz respeito, concordo com você, estamos quites.

Ele tem uma dificuldade danada para pronunciar esta última frase. E eu uma dificuldade danada para aceitar ouvi-la, respondo na lata:

— *Estávamos* quites. Ao vir para cá, você ressuscitou meu tormento!

— Não vim para me vingar de você, já disse, vim para levar Miss Acácia para Edimburgo. Há anos espero por este momento. Mesmo beijando outras garotas. Seu insuportável tique-taque ressoou tanto na minha cabeça que tenho a impressão de que o dia em que você me furou o olho você também me passou sua doença. Se ela não quiser saber de mim, vou-me embora. Senão, você é que terá que sumir. Não alimento mais animosidade contra você, mas continuo apaixonado por ela.

— Já eu ainda alimento animosidade contra você.

— Vai precisar se resignar, sou como você, maluco por Miss Acácia. Será um combate à moda antiga e ela será o único árbitro. Que vença o melhor, little Jack.

Ele recompõe o sorriso arrogante que conheço muito bem e me estende sua mão de compridíssimos dedos. Nela, deposito as chaves do meu quarto. Tenho o infame pressentimento de que lhe ofereço as chaves do coração de Miss Acácia. E, ao fazê-lo, percebo que os tempos de despreocupada magia com a minha labareda de óculos ficaram para trás.

Os sonhos da casa-cabana à beira-mar onde poderíamos passear tranquilamente de dia ou de noite. Sua pele, seu sorriso, sua verve, as faíscas de seu caráter que me davam vontade de me multiplicar nela. Esse "sonho real", fincado na terra, já era. Joe veio buscá-la. Soçobro nas brumas de meus demônios mais arcaicos. As lanças do meu relógio se retraem em seu frágil mostrador. Ainda não me dou por vencido, mas tenho medo, muito medo.

Pois, ao invés de ver crescer a barriga de Miss Acácia como um jardineiro feliz, terei que tirar mais uma vez a armadura do armário para enfrentar Joe.

Naquela mesma noite, Miss Acácia aparece na porta do meu quarto com relâmpagos de raiva nos olhos. Enquanto tento fechar minha mala mal-arrumada, sinto que os minutos vindouros serão tempestuosos:

— Oh, oh! Atenção, meteorologia das montanhas! — digo-lhe para relaxar a atmosfera.

Se sua delicadeza de anticiclone é incomparável, hoje à noite, num átimo de segundo, minha pequena cantora se transforma num tonel de raios.

— Então é assim, você fura os olhos das pessoas! Mas por quem fui me apaixonar?

— Eu...

— Como pôde fazer uma coisa tão horrível? Você-furou-o-olho-dele!

É o grande batismo de fogo, o tornado flamenco com castanholas de pólvora e saltos-agulha espetados entre os nervos. Eu não esperava por isso. Procuro o que responder. Ela não me dá tempo para isso.

— Quem é você realmente? E se foi capaz de me esconder incidente tão grave, o que tenho ainda para descobrir?

Seus olhos estão encarquilhados de raiva, mas o mais difícil de suportar é a tristeza horrivelmente sincera que os rodeia.

— Como pôde me esconder uma coisa tão monstruosa? — ela repete incansavelmente.

Ao desenterrar meu passado, aquele patife do Joe acabava de atear fogo à mais sombria das mechas. Não quero mentir para a minha pequena cantora. Mas também não faço questão de lhe contar tudo, o que, devo admitir, corresponde a meia mentira.

— Tá bem, furei um olho dele. Eu preferia nunca ter chegado a esse ponto, acredite. Mas o que ele esqueceu de lhe dizer foi o que ELE me fez sofrer durante anos, e principalmente por que me fez tudo isso... Joe me fez viver as horas mais negras da minha vida. Na escola, eu era sua vítima predileta. Pense só! Um novato, baixinho, que faz barulhos bizarros com seu coração... Joe passava o tempo me humilhando, me fazendo sentir a que ponto eu não era como "eles". Eu tinha me tornado uma espécie de brinquedo para ele. Um dia ele me esmagava um ovo na cabeça, no dia seguinte entortava meu relógio, todo dia alguma coisa, e sempre em público.

— Eu sei, ele tem esse lado fanfarrão, precisa chamar atenção, mas nunca faz nada de muito ruim. Não havia certamente por que se comportar como um criminoso!

— Eu não furei o olho dele por causa de suas fanfarronadas, o problema vem de muito antes.

Minhas recordações afluem em ondas, as palavras têm dificuldade em acompanhar seu ritmo. Atarantado, envergonhado e triste ao mesmo tempo, faço o melhor que posso para me exprimir calmamente.

— Tudo começou no dia do meu aniversário de 10 anos. Minha primeira vez na cidade, lembro como se fosse ontem. Ouvi você cantar, depois a vi. Meus ponteiros apontaram para você como atraídos por um campo magnético. Meu cuco começou a gritar. Madeleine me segurava. Desvencilhei-me de suas garras para vir me postar à sua frente. Dei-lhe a réplica, como numa comédia musical extraordinária. Você cantava, eu respondia, nos comunicávamos numa linguagem que eu não conhecia, mas nos compreendíamos. Você dançava, eu dançava com você, quando não sabia sequer dançar! Tudo podia acontecer!

— Eu me lembro, desde o início, eu me lembro. Assim que o vi sentado no meu camarim, soube que era você. O garotinho estranho dos meus 10 anos, aquele que adormecia no fundo das minhas lembranças. Era você mesmo...

A melancolia não abandona o som da sua voz.

— Você se lembra... Se lembra que estávamos numa bolha? Teria sido preciso toda a energia de Madeleine para me arrancar daquela bolha!

— Pisei nos meus óculos, depois coloquei-os no nariz, todos tortos.

— Sim! Óculos com esparadrapo na lente direita! Madeleine me havia explicado que aplicavam esse tipo de técnica para fazer o olho mais prejudicado trabalhar.

— É, é verdade...

— A partir desse dia, não parei mais de sonhar em reencontrá-la. Supliquei a Madeleine para me matricular na escola quando soube que você estava lá, esperei um tempão, dois anos no mínimo, mas, em vez de você, fui agraciado com Joe. Joe e seu séquito de trocistas. No meu primeiro dia de aula, tive a infelicidade de perguntar se alguém conhecia "a pequena cantora sublime que esbarra em tudo que é canto". Foi como se tivesse assinado minha condenação à morte. Era de tal forma insuportável para Joe que você não estivesse mais ao seu lado que ele cristalizou toda a sua frustração em cima de mim. Ele sentia o quanto eu vibrava por você e isso decuplicava seu ciúme. Todas as manhãs eu atravessava o portão da escola com uma bola de angústia que não saía das minhas vísceras o dia inteiro. Sofri seus ataques durante três anos escolares. Até o dia em que ele resolveu tirar minha camisa para que eu me visse de torso nu na frente de toda a escola. Ele quis abrir meu relógio para me humilhar um pouco mais, mas pela primeira vez não permiti. Saímos no tapa e a coisa terminou mal, muito mal, como sabe. Então fugi de Edimburgo no meio da noite, rumo à Andaluzia. Atravessei metade da Europa para encontrá-la. Nem sempre foi fácil. Eu sentia saudade de Madeleine, Arthur, Anna e Luna, ainda sinto, mesmo assim. Mas eu queria revê-la, era meu maior sonho. Sei que Joe voltou para tirá-la de mim. Fará tudo para desviá-la de mim. Já começou, não percebe?

— Acha realmente que eu poderia reatar com ele?

— Não é você que me preocupa, mas o dom que ele tem de destruir a confiança que tentamos estabelecer passo a passo. Não a reconheço mais desde que ele chegou. Ele roubou meu emprego no trem-fantasma, dorme na nossa cama, o único lugar onde estávamos protegidos do mundo exterior. Assim que viro as costas, ele joga lama no meu passado. É como se me tivessem confiscado tudo.

— Mas você...

— Escute. Um dia, ele me olhou diretamente nos olhos e avisou: "Vou esmagar seu coração de madeira na sua cabeça, vou bater tão forte que você nunca mais será capaz de amar." Ele sabe onde mirar.

— Você também, ao que parece.

— Por que acha que ele foi lhe contar, na versão dele, a história do olho furado?

Ela balança seus ombros de pássaro triste.

— Joe sabe como você é íntegra. Sabe acender as mechas dos seus cabelos, aquelas que são conectadas ao seu coração em forma de granada. Mas também sabe que, por trás de sua aparência de bomba, você é frágil. E que, deixando a dúvida se insinuar, você poderia implodir. Joe tenta nos fragilizar para tê-la de volta com mais facilidade! Se pelo menos se desse conta disso, você poderia me ajudar a impedi-lo!

Ela se volta para mim, erguendo lentamente as sombrinhas de suas pálpebras. Grossas lágrimas despencam sobre seu rosto magnífico. A maquiagem escorre sobre seus longos cílios amarrotados. Ela tem esse estranho poder de ser magnética tanto no sofrimento quanto na alegria.

— Eu te amo.

— Eu também te amo.

Beijo sua boca cheia de lágrimas. Tem um gosto de fruta supermadura. Então Miss Acácia vai embora. Observo-a embrulhar-se com a floresta. As sombras dos galhos a devoram.

Com apenas poucos passos, ela se perde ao longe. O tempo dos sonhos que se reduzem a pó deixa minhas engrenagens cada vez mais ruidosas, ó Madeleine — cada vez mais doloridas também. Tenho a sensação de que nunca mais a verei.

11

No caminho que leva à oficina de Méliès, meu relógio estala. As alcovas encantadoras do Alhambra me devolvem um eco lúgubre.

Chego, ninguém. Instalo-me bem no meio das construções de papelão. Perdido na mixórdia dessas invenções, torno-me uma delas. Sou um truque humano que aspira a se tornar um homem sem truques. Na minha idade, o truque perfeito seria ser considerado um homem, um de verdade, um grande. Terei o talento necessário para mostrar a Miss Acácia em que têmpera sou forjado e o quanto me consumo por ela? Conseguirei fazê-la acreditar em mim sem que ela tenha a impressão permanente de que estou lhe impingindo um péssimo truque de mágica?

Meus sonhos esticam-se até o topo da colina de Edimburgo. Eu gostaria de teletransportá-la para cá, para defronte do Alhambra. Saber o que aconteceu com a minha família improvisada. Eu queria tanto que eles aparecessem, aqui, agora! Sinto tanta saudade...

Madeleine e Méliès conversariam sobre "consertos" e psicologia em torno de uma dessas boas refeições cujo segredo ela detém. Ela e Miss Acácia se exaltariam a respeito do amor e provavelmente bateriam boca acerca de seus elegantes coques. Mas a hora do aperitivo soaria o fim das hostilidades. Zombariam uma da outra com tanta acidez e ternura que se tornariam cúmplices. Depois Anna, Luna e Arthur se juntariam a nós, enfeitando a conversa com suas histórias tristes e loucas.

— Mas que cara triste... Ora, venha, garoto, vou lhe mostrar minhas belas! — me diz Méliès empurrando a porta.

Está acompanhado de uma loura alta de riso fácil e uma moreninha rechonchuda que traga sua piteira como fosse um balão de oxigênio. Ele me apresenta:

— Senhoritas, este é meu companheiro de estrada, meu mais fiel aliado, o amigo que me salvou da depressão amorosa.

Fico supercomovido. As garotas aplaudem franzindo seus olhos manhosos.

— Desculpe — acrescenta Méliès dirigindo-se a mim —, mas devo me retirar para os meus aposentos para uma sesta reparadora de alguns séculos.

— E sua viagem à Lua?

— Cada coisa no seu tempo, não acha? Temos que aprender a "descansar" de vez em quando. O ócio é importante, ele faz parte do processo criativo!

Eu queria lhe falar do retorno de Joe, pedir que ele examinasse um pouco a situação das minhas engrenagens, fazer-lhe ainda algumas perguntas sobre a vida com uma faísca, mas visivelmente não era o momento. Suas galinhas enfumaçadas já cacarejam na água fervente, vou deixá-lo tomar seu precioso banho.

— Miss Acácia talvez passe para me ver esta noite, se não incomodar...

— Você sabe muito bem que não, a casa é sua.

Volto ao trem-fantasma para pegar meus últimos pertences. A ideia de deixar definitivamente esse lugar gera um novo dilema no fundo do meu relógio. O trem-fantasma está impregnado pelas lembranças maravilhosas com Miss Acácia. E depois eu começava a sentir prazer vendo as pessoas se divertindo com meus espetáculos.

Um grande cartaz com a cara de Joe cobre o meu. O quarto está fechado à chave. Os pertences que não consegui encaixar na minha mala me esperam no corredor, amontoados sobre minha tábua de rodinhas. Tornei-me uma porcaria de um fantasma. Continuo sem assustar, ninguém ri quando eu passo, não me enxergam. Mesmo no olhar pragmático de Brigitte Heim, sou transparente. É como se eu não existisse mais.

Na fila de espera para a função, um garoto me interpela:

— Desculpe, cavalheiro, o senhor não seria o homem-relógio?

— Quem? Eu?

— É, o senhor? Reconheci o som do seu coração! Então quer dizer que está de volta ao trem-fantasma?

— Não, estou justamente indo embora.

— Mas precisa voltar, senhor! Precisa voltar, o senhor faz muita falta por aqui...

Eu não esperava aquela solicitude; alguma coisa começou a vibrar sob minhas engrenagens.

— Saiba que beijei uma garota pela primeira vez nesse trem-fantasma. Mas agora, com o grande Joe, ela não quer mais pôr os pés aqui. Tem medo dele. Não pode nos abandonar com o grande Joe, senhor!

— É, a gente se divertia muito aqui! — exclama um segundo moleque.

— Volta! — emenda um outro.

Enquanto saúdo meu pequeno público agradecendo-lhe por essas palavras calorosas, meu cuco dispara. Os três meninos aplaudem, alguns adultos acompanham-nos timidamente.

Subo na minha tábua de rodinhas para descer a grande rua que contorna o Alhambra sob o encorajamento de parte da multidão:

— Volta! Volta!

— Fora daqui! — exclama de repente uma voz bem grave.

Volto-me. Nas minhas costas, Joe exibe um sorriso de vencedor. Se os tiranossauros sorrissem, acho que o fariam como Joe. Não tão insistentemente e de forma tão inquietante.

— Eu estava de saída, mas fique avisado, voltarei. Você ganhou a batalha do trem-fantasma, mas sou eu o rei do coração de "você sabe quem"!

A multidão começa a nos incentivar como se estivesse numa rinha de galos.

— Então não se dá conta de nada?

— Do quê?

— Não acha que a atitude de Miss Acácia com você está mudando?

— Acertemos nossas contas privadamente, Joe. Não nomeie ninguém!

— Mas acho que ouvi vocês discutindo no banheiro ontem à noite...

— Claro, você inventa horrores a meu respeito!

— Só contei a ela que você tinha me furado um olho sem razão. É uma guerra justa, me parece!

Uma parte da fila inclina-se para o lado de Joe; outra, mais reduzida, para o meu.

— Você tinha dito um combate à moda antiga, leal! Mentiroso!

— E você, que trapaceia com tudo, que sonha a vida, suas pseudoinvenções poéticas não passam de mentiras. Seu estilo é diferente, mas dá exatamente no mesmo... Assunto encerrado. Esteve com ela hoje?

— Não, ainda não.

— Ganhei seu emprego, ganhei seu quarto, e você perdeu tudo. Pois a verdade é esta, little Jack, você a perdeu! Ontem, depois da discussão de vocês, ela veio bater à porta do meu quarto. Precisava de consolo, com a crise de ciúme que você acabava de aprontar... Não lhe falei das suas idiotices de relógio ridículo. Falei de coisas verdadeiras, que dizem respeito a todos. Será que ela pretendia se instalar no pedaço, em que tipo de casa ela gostaria de morar, será que queria filhos, tudo isso, percebe?

Fisgada de dúvida. Minha coluna vertebral transforma-se num guizo. Ouço meus arrepios ressoarem por toda parte na minha pele.

— Também lembramos aquele dia em que ela quase ficou presa no lago congelado. E então ela se aninhou nos meus braços. Como antes, exatamente como antes.

— Vou furar seu outro olho, canalha!

— E nos beijamos. Como antes, exatamente como antes.

Minha cabeça roda, sinto que vou desmaiar. Ao longe, ouço Brigitte Heim começar a arengar a multidão, a volta do trem vai começar. Meu coração me sufoca, estou certamente tão feio quanto um sapo fumando seu último charuto.

Antes de sair para fazer seu show, Joe zomba de mim pela última vez.

— Você nem sequer se deu conta de que estava perdendo Miss Acácia. Eu esperava enfrentar um adversário mais tinhoso. Você realmente não a merece.

Precipito-me sobre ele, ponteiros em riste. Sinto-me como um touro minúsculo com chifres de plástico, ele é o toureador radioso preparando-se para desferir a estocada. Sua mão direita me agarra pela gola e me manda passear na poeira sem dar a impressão de fazer força.

Depois ele penetra no trem-fantasma, a galera atrás. Permaneço ali um tempo infinito, o braço esquerdo apoiado na minha tábua de rodinhas, incapaz de reagir.

Acabo indo até a oficina de Méliès. Levo uma eternidade para chegar. Sempre que meu ponteiro marca o engasgo dos minutos, é como se uma lâmina de faca entrasse um pouco mais entre meus ossos.

Meia-noite no relógio do meu coração. Espero Miss Acácia contemplando a lua de papelão que meu ilusionista do amor fabricou para sua dulcineia. Meia-noite e dez, meia-noite e vinte e cinco, meia-noite e quarenta. Ninguém. A mecânica do meu coração esquenta, ele começa a cheirar a queimado. A sopa de ouriços está ardida. Entretanto, fiz tudo para não temperá-la com muitas dúvidas.

Méliès sai do quarto, seguido por seu cortejo de bundas e peitos radiosos. Mesmo eufórico, ele sabe ver quando não estou bem. Com um olhar carinhoso, sugere às suas belas para se acalmarem, de maneira que a atmosfera contrastante não me deprima mais um pouco.

Ela não veio.

12

No dia seguinte, Miss Acácia dá uma récita num cabaré de Marbella, uma estância balneária situada a uma centena de quilômetros de Granada. "Uma boa oportunidade para você a encontrar longe de Joe", me diz Méliès.

Ele me empresta seu terno mais bonito e seu chapéu fetiche. Peço-lhe ardorosamente que me acompanhe; ele aceita com a mesma simplicidade do primeiro dia.

No trajeto, o medo e a dúvida rivalizam com o desejo. Nunca pensei que fosse tão complicado conservar ao nosso lado a pessoa que a gente ama com todas as forças. Ela se doa sem pestanejar, jamais é mesquinha. Me doo também, mas ela recebe menos. Talvez porque eu não doe direito. Mas não é por isso que vou desembarcar do mais mágico trem da minha vida, aquele com a locomotiva que cospe pétalas de narcisos em fogo. Hoje à noite vou lhe explicar que estou disposto a mudar tudo, a aceitar tudo, contanto que ela me ame. E tudo recomeçará como antes.

O palco, minúsculo, foi montado na beira do mar. E, no entanto, todo mundo parece aglomerado ao redor. Na primeira fila, o inefável Joe. Como um totem que tivesse o poder de fazer tremer meu corpo inteiro.

Minha pequena cantora entra em cena, bate seus saltos com uma violência inaudita, forte, cada vez mais forte. Uiva, arrulha, grita. É um lobo que a habita hoje. Um blues ocre miscigena-se ao seu flamenco. As pimentas dançam sobre sua língua. Em seu vestido de reflexos laranja, ela parece uma pólvora canora. Quantas tensões a exorcizar hoje à noite!

Não mais que de repente, sua perna esquerda atravessa o assoalho, depois sua perna direita, num fragor de incêndio. Precipito-me para ajudá-la, mas as pessoas não me deixam passar, preferindo gritar sem se mexer e vê-la se espetar qual um prego vivo. Cruzo com seu olhar, não creio que ela me reconheça — o chapéu de Méliès, talvez. Joe corre até ela, suas imensas pernas fendem eficazmente a multidão. Pelejo nas correntezas. Ganho terreno. Dentro de alguns segundos, ele alcançará seus braços. Não posso deixá-la naqueles braços. O rosto de Miss Acácia se crispa, está machucada. Não é do tipo que se queixa por uma ninharia. Eu queria ser médico, melhor, o feiticeiro capaz de recolocá-la imediatamente de pé. Escalo o telhado da multidão, pisoteio crânios como no trem-fantasma. Vou alcançá-la, vou alcançá-la. Ela se machucou, não quero que se machuque. As pessoas agora se espremem contra o palco, ansiosas para "ver". Chego ao nível de Joe. Vou impedir que as farpas do assoalho a devorem ainda mais! Desta vez serei eu! Salvarei Miss Acácia e, ao fazê-lo, me salvarei em seus braços.

Das profundezas de minhas engrenagens, uma súbita dor atravessa meus pulmões. Joe me ultrapassou. Seus dedos compridos colhem Miss Acácia em câmera lenta e nas minhas barbas. Devo ter-me deixado absorver pelo meu sonho de salvá-la. Ele envolve seu corpo de pássaro. Meu relógio range como mil gizes. Ele carrega Miss Acácia como uma noiva. Acho-a bela, mesmo nos braços dele. Eles desaparecem no camarim. Seguro o grito, tremo um pouco. Socorro, Madeleine! Envie-me um exército de corações de aço.

Tenho que arrombar essa porta. Desfiro-lhe uma cabeçada. A porta continua fechada. Recolho meu corpo e parte da minha coragem no assoalho. Percebo meu reflexo no vidro. Um galo roxo cresceu na minha têmpora esquerda.

Após diversas tentativas, a porta se abre, Miss Acácia está deitada nos braços de Joe. Seu vestido vermelho ligeiramente arregaçado combina com as gotas de sangue que brotam de suas panturrilhas. Diria-se que ele acaba de mordê-la e se prepara para devorá-la.

— Mas o que aconteceu com você? — ela diz, aproximando sua mão da minha cabeça para acariciar meu galo.

Esquivo-me de seu gesto.

Meu coração detectou o impulso de ternura, mas não o assimilou de verdade. Minha raiva prevalece. O olhar de Miss Acácia é severo. Joe aperta seu corpinho de pássaro contra seu peito sólido, como que para protegê-la de mim. Ah, Madeleine, sua lousa deve estar balançando acima da minha cama. O relógio palpita até sob minha língua.

Miss Acácia pede a Joe que saia. Ele obedece com a educação extemporânea de um judoca. Porém, antes disso, deposita suavemente Miss Acácia numa cadeira; visivelmente, receava que ela se quebrasse. Seus gestos delicados são insuportáveis.

— Você beijou Joe?

— O quê?

— Sim!

Provoco uma avalanche.

— Mas como pode acreditar numa coisa dessas? Ele apenas me ajudou a tirar minha perna daquele assoalho podre. Você viu, não viu?

— Vi, mas ontem ele me contou que...

— Acha mesmo que vou voltar com ele? Acha que eu poderia fazer isso com você? Você não entende nada, caramba!

O medo de perdê-la e a dor de cabeça formam um turbilhão elétrico que não controlo mais. Vou vomitar brasa, sinto-a subir pelo esôfago, inundar meu cérebro. Curto-circuito sob um crânio. Pronuncio palavras terríveis, sentenças definitivas.

Incontinente, tento rebobiná-las com a minha língua, mas o fel já faz efeito. Sinto que os laços que nos unem arrebentam um a um. Afundo nosso barco a golpes de frases cortantes, preciso deter essa máquina de cuspir ressentimento antes que seja tarde demais, mas não consigo.

Joe abre a porta sorrateiramente. Não diz nada, passa apenas a cabeça, para mostrar a Miss Acácia que está de olho nela.

— Está tudo bem, Joe! Não se preocupe.

Suas pupilas rebrilham uma tristeza infinita, mas os vincos em torno de sua graciosa boca exibem raiva e desprezo. Esses olhos, cuja floração dos cílios tanto adorei, agora me lançam apenas garoa e neblina vazia.

É a mais fria das duchas possíveis, o que tem a vantagem de me reconectar à realidade da situação. Estou prestes a quebrar tudo, vejo isso no espelho estilhaçado de seu olhar, preciso dar marcha a ré, e o mais rápido possível.

Arrisco tudo por tudo, escancarando as comportas do que sempre tentei lhe esconder. Sei que deveria ter começado por isso, que faço tudo destrambelhadamente, mas tento inverter o vapor, de novo.

— Te amo destrambelhadamente porque sou maluco do coração de nascença. Os médicos me proibiram formalmente de me apaixonar, meu relógio-coração é muito frágil para resistir a isso. Mesmo assim, pus minha vida em suas mãos, porque mais além do sonho você me deu uma dose de amor tão forte que me senti capaz de enfrentar tudo por você.

Nem a menor covinha no horizonte de seu rosto.

— Hoje faço tudo às avessas porque não sei mais como agir para parar de perdê-la e isso me deixa doente. Eu te am..

— E, como se não bastasse, acredita piamente nas próprias mentiras! É patético! — ela corta. — Claro que você não se comportaria dessa forma se houvesse um pingo de verdade em tudo que conta... Com certeza não desse jeito. Vá embora, vá embora, por favor!

O curto-circuito se intensifica, contamina meu relógio vermelho. As engrenagens entrechocam-se num ranger lúgubre. Meu cérebro arde, o coração sobe até a minha cabeça. Através dos meus olhos, tenho certeza de que é possível vê-lo nos comandos.

— Eu não passo de um ilusionista, é isso? Pois bem, é o que veremos, antes tarde do que nunca!

Puxo os ponteiros com todas as minhas forças. É terrivelmente doloroso. Agarro o mostrador com as duas mãos e, como um alucinado, tento arrancar o relógio. Quero expulsar esse projétil e jogá-lo na lata de lixo na frente dela, para que ela finalmente compreenda! A dor é insuportável. Primeiro tranco. Nada acontece. Segundo, nada. O terceiro, mais violento, transforma-se numa série de punhaladas. Ouço sua voz ao longe me implorando: "Pare com isso... Pare com isso!" Uma retroescavadeira está arrebentando com tudo entre meus pulmões.

Algumas pessoas afirmam que vemos uma luz muito intensa quando a morte chega. Vi apenas sombras. Sombras gigantes a perder de vista e uma nevasca de flocos negros. Uma neve preta que cobre progressivamente minhas mãos, depois meus braços abertos. Rosas vermelhas parecem germinar do sangue que encharca sua penteadeira. Depois as rosas se apagam, meu corpo inteiro também desaparece. Estou ao mesmo tempo relaxado e ansioso, como se me preparasse para uma infindável viagem de avião.

Um último buquê de faíscas cresce sob minhas pálpebras: Miss Acácia dançando equilibrada em seus pequenos saltos-agulha, a doutora Madeleine debruçada sobre mim, acertando o relógio do meu coração, Arthur vociferando seu *swing* a golpes de *Oh When the Saints*, Miss Acácia dançando sobre suas agulhas, Miss Acácia dançando sobre suas agulhas, Miss Acácia dançando sobre suas agulhas...

Os gritos horrorizados de Miss Acácia me tiram finalmente desse estado letárgico. Levanto a cabeça e olho para ela. Tenho dois ponteiros quebrados entre as mãos. Em seu olhar, tristeza e raiva dão lugar ao medo. Suas faces se afundam, suas sobrancelhas em acento circunflexo rasgam sua testa. Seus olhos ontem cheios de amor parecem dois caldeirões furados. Tenho a impressão de ser observado por uma bela defunta. Uma imensa sensação de vergonha me invade, minha raiva de mim supera até a que Joe me inspira.

Ela sai do camarim. A porta bate como uma estocada de fogo. Dentro do meu chapéu chacoalha uma ave que Méliès deve ter esquecido de tirar. Estou com frio, cada vez mais frio. Eis chegada a noite mais fria do mundo. Se tricotassem meu coração com tições de gelo eu me sentiria mais descontraído.

Ela passa à minha frente sem se virar, e desaparece na escuridão com um ar de cometa triste. Ouço um barulho de luminária e palavrões em espanhol. Meu cérebro encomenda um sorriso às minhas lembranças, mas a mensagem deve ter se perdido no caminho.

Alguns metros acima do palco, um raio fende o céu. Os guarda-chuvas germinam como flores de primavera fúnebre; começo a ficar cansado de morrer o tempo todo.

Conservo meu relógio na palma da minha mão esquerda. Há sangue nas engrenagens. Minha cabeça roda, não sei mais fazer minhas pernas funcionarem. Cruzo meus joelhos como um esquiador iniciante assim que começo a andar.

A ave canora tosse a cada um dos meus espasmos, percebo suas lascas de madeira quebrada ao meu redor. Um sono pesado me invade. Evaporo na bruma pensando em Jack o Estripador. Será que vou terminar como ele, incapaz de conseguir outra coisa sem ser casos de amor com defuntas?

Vivi tudo por Miss Acácia, meus sonhos, a realidade, nada funciona. Eu queria, queria muito, provavelmente em excesso, que funcionasse! Entretanto, julgava-me capaz de tudo por ela, de desbastar lâminas de lua para lantejoular suas pálpebras, não dormir mais antes do apito dos passarinhos que bocejam às cinco horas da manhã, atravessar a Terra para encontrá-la do outro lado do mundo... E o resultado é este?

Um relâmpago ziguezagueia entre as árvores para terminar sua carreira na praia silenciosa. O mar ilumina-se por um instante. Será que Miss Acácia ainda tem algo a me dizer?

No instante seguinte, o interruptor de espuma joga novamente Marbella no escuro. Os espectadores zarpam sob a chuva como coelhos de caça. Chegou a hora de embrulhar novamente minhas panelas de sonhos.

13

Méliès levará dois dias para arrastar minha carcaça de Marbella a Granada. Quando alcançamos finalmente as cercanias da cidade, o Alhambra é como um cemitério dos elefantes. Vejo crescerem cerdas luminosas prontas a me dilacerar.

— Revolte-se! Revolte-se! — me sopra Méliès. — Não se entregue, não permita que eu me entregue!

Meu peito está arrebentado. Dou uma olhada nos tocos de meus ponteiros. O que vejo me dá medo. Isso me lembra meu nascimento.

Tudo que havia adquirido tanto sentido para mim desaparece. A vontade de fundar uma família e vigiar meu relógio para resistir o máximo de tempo possível, meus sonhos de adulto recente, tudo derrete como flocos de neve numa lareira. Que idiotice cor-de-rosa, o amor! Bem que Madeleine tinha me avisado, mas eu só quis saber do meu coração.

Arrasto-me cada vez mais lentamente. O grande incêndio devasta meu peito, mas sinto-me anestesiado. Um avião pode perfeitamente atravessar minha cabeça, agora isso não muda mais muita coisa.

Eu gostaria de ver surgir a grande colina de Edimburgo. Ah, Madeleine, se pelo menos! Eu correria diretamente para a minha cama. Devem ter sobrado alguns sonhos de criança escondidos sob o travesseiro, eu tentaria não esmagá-los com a minha cabeça pesada de preocupações de adulto. Tentaria adormecer pensando que nunca mais acordaria. Essa ideia seria curiosamente tranquilizadora para mim. Na manhã seguinte, eu emergiria com dificuldade, zonzo como um pugilista na lona. Mas Madeleine e todas as suas atenções me consertariam como antigamente.

De volta à oficina, Méliès me instala em sua cama. O sangue se espalha pelos lençóis brancos. As rosas das neves reaparecem, turbilhonando. Droga, manchei todos os lençóis!, rumino num sobressalto de consciência. Minha cabeça pesa uma tonelada, meu cérebro está tão cansado de permanecer sob meu crânio quanto meu coração sob o mostrador do meu relógio.

— Quero trocar de coração! Modifique-me, não me quero mais!

Méliès me observa, ar preocupado.

— Não aguento mais essa bigorna de madeira açoitada o tempo todo.

— Atenção, seu problema me parece bem mais profundo que a madeira do seu relógio.

— É essa sensação de acácia gigante crescendo entre meus pulmões. Esta noite *eu vi* Joe carregá-la em seus braços e fiquei arrasado. Eu nunca poderia imaginar que fosse ser tão duro. E quando ela partiu batendo a porta foi mais duro ainda.

— Você sabia dos riscos de entregar as chaves do seu coração a uma faísca, garoto!

— Quero que você me enxerte um coração novo e ponha o contador a zero. Nunca mais quero me apaixonar na vida.

Percebendo o fulgor de loucura suicida no meu olhar, Méliès julga toda conversa inútil. Deita-me em sua bancada, como Madeleine em outros tempos, e me faz esperar.

— Espere, vou encontrar alguma coisa para você.

Não consigo relaxar, minhas engrenagens rangem horrivelmente.

— Devo ter algumas peças sobressalentes... — acrescenta.

— Estou cheio de ser consertado, queria alguma coisa suficientemente sólida para resistir às emoções fortes, como todo mundo. Um relógio sobressalente, não teria algo assim?

— Isso não resolveria nada, fique sabendo. É seu coração de carne e osso que devemos consertar. E, para isso, você não precisa nem de médico nem de relojoeiro. Você precisa de amor ou de tempo — mas muito tempo.

— Esperar nunca passou pela minha cabeça e não tenho mais amor, troque esse meu relógio, suplico-lhe!

Miélès vai até a cidade procurar um novo coração para mim.

— Tente descansar um pouco enquanto espera minha volta. Mas nada de tolices.

Decido acertar meu velho coração pela última vez. Minha cabeça roda. Um pensamento culpado voa até Madeleine, que tanto pelejou para que eu me mantivesse de pé e continuasse a avançar sem me arrebentar. Sentimento de vergonha em todos os níveis.

Quando enfio a chave na minha fechadura, uma dor viva escala meus pulmões. Algumas gotas de sangue brotam na interseção dos meus ponteiros. Tento retirar a chave, mas ela enganchou na fechadura. Tento soltá-la com meus ponteiros quebrados. Forço, com todas as magras forças vaporosas que me restam. Quando finalmente consigo, o sangue escorre abundantemente pela fechadura. Cai o pano.

Méliès voltou. A visão que tenho dele é turva, como se tivessem substituído meus olhos pelos de Miss Acácia.

— Encontrei um coração novinho em folha para você, sem cuco e com um tique-taque muito menos escandaloso.

— Obrigado...

— Gostou?

— Gostei, obrigado...

— Tem certeza de que não quer mais o coração com o qual Madeleine salvou sua vida?

— Certeza.

— Você nunca mais será como antes, sabia?

— É exatamente o que eu quero.

Depois não me lembro de nada, a não ser de uma sensação de sonho nebuloso, seguida por uma ressaca gigante.

14

Quando finalmente abro os olhos, percebo meu velho relógio na mesinha de cabeceira. É uma coisa esquisita pegar seu coração entre os dedos. O cuco não funciona mais. Está todo empoeirado. Sinto-me como um fantasma fumando tranquilamente um cigarro recostado em sua lápide, salvo que estou vivo. Uso um estranho pijama e dois tubos estão enfiados nas minhas veias — mais uma nova engenhoca para carregar.

Observo meu novo coração sem ponteiros. Não faz nenhum ruído. Quanto tempo dormi? Levanto com dificuldade. Meus ossos estão doloridos. Impossível encontrar Méliès. Uma mulher toda de branco está instalada na mesa dele. Uma nova "bela", suponho. Faço-lhe um sinal com mão. Ela leva um susto como se acabasse de ver um fantasma. Suas mãos tremem. Acho que finalmente consegui assustar alguém.

— Que bom que está de pé! Se você soubesse...

— É mesmo, que bom! Onde está Méliès?

— Sente-se, preciso lhe explicar umas coisas.

— Tenho a impressão de estar deitado há 150 anos, posso muito bem ficar de pé cinco minutos.

— Honestamente, é preferível que fique sentado... E depois tenho coisas importantes a lhe revelar. Coisas que ninguém nunca quis lhe dizer.

— Onde está Méliès?

— Voltou para Paris há alguns meses. Me pediu para cuidar de você. Ele gostava muito de você, você sabe. Estava fascinado com o impacto que seu relógio podia ter sobre sua imaginação. Quando você sofreu seu acidente, ele se odiou terrivelmente por não lhe ter revelado a verdade sobre sua verdadeira natureza, ainda que não tivesse certeza de que isso pudesse mudar o curso dos acontecimentos. Mas agora você precisa saber a verdade.

— Que acidente?

— Não se lembra? — disse ela tristemente. — Você tentou arrancar o relógio costurado no seu coração, em Marbella.

— Ah, é...

— Méliès tentou lhe enxertar um coração novo para melhorar seu astral.

— Melhorar meu astral! Eu estava quase morrendo!

— Sim, todos nós temos a sensação de que vamos morrer quando nos separamos de uma pessoa amada. Mas estou falando de coração no sentido mecânico do termo. Preste atenção, pois sei que o que vou lhe dizer será difícil de aceitar...

Ela senta ao meu lado, pega minha mão direita entre as suas. Percebo que treme.

— Você podia muito bem ter vivido sem esses relógios, tanto o antigo quanto o novo. Eles não têm nenhuma interação direta com seu coração físico. Não são próteses de verdade, apenas artifícios, que, medicamente, não têm nenhuma serventia.

— Mas é impossível! Por que Madeleine teria inventado tudo isso?

— Com fins psicológicos, sem dúvida. Provavelmente para protegê-lo de seus próprios demônios, como muitos pais fazem de uma maneira ou de outra.

— Agora compreendo por que ela sempre me aconselhou a fazer a manutenção do meu coração com relojoeiros e não com médicos. Você não entende esse tipo de medicina, é isso.

— Sei que é um pouco brutal como despertar, mas é hora de você acertar seus ponteiros, se me permite a expressão, caso faça questão de regressar à vida de verdade.

— Não acredito numa única palavra sua.

— Isso é normal, você acreditou a vida inteira nessa história de relógio-coração.

— Como conhece a minha vida?

— Eu a li... Méliès escreveu sua história neste livro aqui.

O homem sem truques, dizia a capa. Folheio rapidamente, percorro nossa epopeia através da Europa. Granada, o reencontro com Miss Acácia, o retorno de Joe...

— Não leia o fim agora! — disse ela subitamente.

— Por quê?

— Antes você precisa digerir a ideia de que sua vida não está ligada ao seu relógio. É o único jeito de você mudar o fim do livro.

— Nunca serei capaz de acreditar nisso, muito menos de admiti-lo.

— Você perdeu Miss Acácia acreditando piamente em seu coração de madeira.

— É intolerável ouvir uma coisa dessas!

— Você poderia ter-se dado conta, mas essa história de coração acha-se tão profundamente enraizada em você... Agora tem de acreditar em mim. Leia então o terceiro quarto do livro se quiser, embora isso vá atormentá-lo. Mas você tem que partir para outra.

— Por que Méliès nunca me disse isso?

— Méliès dizia que você não estava em condições de entender, psicologicamente falando. Ele achava perigoso lhe revelar a verdade na noite do "acidente", considerando seu estado de choque ao retornar à oficina. Odiava-se terrivelmente por não ter feito isso antes... Acho que ele se deixou enfeitiçar pela ideia. Ele também não precisa de muita corda para acreditar no impossível. Isso melhorava o astral dele, ver você evoluir com essa crença tão íntegra... Até aquela noite trágica.

— Não estou com vontade nenhuma de mergulhar nessas recordações por enquanto.

— Compreendo, mas devo lhe falar do que aconteceu logo depois... Quer beber alguma coisa?

— Sim, obrigado; mas álcool, não, ainda estou com dor de cabeça.

Enquanto a enfermeira vai buscar alguma coisa para eu me recobrar de tantas emoções, observo meu velho coração estropiado na mesinha de cabeceira, depois o novo relógio, sob meu pijama amarfanhado. O mostrador é metálico. Os ponteiros são protegidos por um vidro. Uma espécie de campainha de bicicleta reina sobre o número 12. Esse relógio me arranha, tenho a impressão de que me enxertaram o coração de alguém. Pergunto-me em que essa estranha dama de branco ainda vai tentar me fazer acreditar.

— Naquele dia — diz ela —, enquanto Méliès tinha ido procurar um relógio na cidade para consolá-lo provisoriamente, você tentou acertar seu relógio quebrado. Lembra-se disso?

— Vagamente.

— Pelo que Méliès me descreveu, você estava num estado próximo da inconsciência, sangrava abundantemente.

— É, minha cabeça rodava, eu me sentia atraído pelo chão...

— Você teve uma hemorragia interna. Quando Méliès se deu conta disso, lembrou-se subitamente de mim e veio me procurar às pressas. Se Méliès esqueceu rapidamente meus beijos, sempre guardou na memória meus talentos de enfermeira. Estanquei sua hemorragia na hora agá, mas você não voltou a si. Ele fez questão de realizar a operação que lhe prometera. Dizia que você acordaria num estado psicológico melhor com um reló-gio-coração novo. Um ato no limite da superstição. Ele temia sua morte.

Escuto-a contar minha história como se me desse notícias de alguém que eu não conhecesse senão vagamente. Foi difícil conectar essas elucubrações com a minha realidade.

— Eu estava terrivelmente apaixonada por Méliès, ainda que não fosse efetivamente recíproco. Foi acima de tudo para continuar convivendo com ele que cuidei de você. Depois me afeiçoei ao seu personagem ao ler *O homem sem truques*. Agora aqui estou eu mergulhada nessa história, no sentido próprio e figurado. Desde o dia do seu acidente você está aos meus cuidados.

Estou simplesmente pasmo. Meu sangue emite estranhos sinais de farol na parte direita do meu cérebro. "Talvez-seja-verdade." "Talvez-seja-verdade."

— Para Méliès, quando você destruiu seu coração na frente de Miss Acácia você queria lhe mostrar o quanto sofria, e ao mesmo tempo o quanto a amava. Uma atitude idiota e desesperada. Mas você não passava de um adolescente; pior, um adolescente com sonhos de criança e que, para sobreviver, não pôde se impedir de misturar sonho e realidade.

— Eu era esse adolescente-criança há poucos minutos...

— Não, deixou de sê-lo ao decidir abandonar seu velho coração. Era o que temia Madeleine: que você crescesse.

Quando mais repito a palavra "impossível", mais "possível" ressoa no meu crânio.

— Estou lhe contando apenas o que li sobre você no livro escrito por Méliès. Ele o deixou comigo antes de partir para Paris.

— Quando ele volta?

— Acho que nunca mais. Agora é pai de dois filhos e trabalha tenazmente naquela ideia de fotografia em movimento.

— Pai?

— No início, ele nos escrevia todas as semanas; para você e para mim. Agora, podem se passar longos meses sem que eu receba notícias dele; acho que ele tem medo que eu lhe comunique... seu falecimento...

— Como assim, longos meses?

— Estamos no dia 4 de agosto de 1892. Seu coma durou cerca de três anos. Sei que não vai querer acreditar. Mire-se no espelho. O comprimento dos seus cabelos é a marca do tempo que passa.

— Não quero ver nada por enquanto.

— Nos três primeiros meses, você abria os olhos alguns segundos por dia, no máximo. Então, um dia você acordou e pronunciou algumas palavras a respeito de Miss Acácia antes de retornar ao limbo.

À menção de seu nome, toda a intensidade de meus sentimentos por ela é reativada.

— A partir do começo do ano, os períodos que você passava acordado tornaram-se mais longos e mais regulares. Até hoje. Acontece de pessoas acordarem de um longo coma como o seu, sabia? Afinal de contas, não passa de uma compridíssima noite de sono. Que estranha felicidade vê-lo finalmente de pé! Méliès ficaria louco de alegria... Dito isso, é possível que você tenha algumas sequelas.

— Como assim?

— Ninguém volta ileso de uma viagem tão longa; já é extraordinário você lembrar quem você é.

Cruzo com meu reflexo na porta envidraçada da oficina. Três anos. O anúncio do tempo decorrido me deixa zonzo. Três anos. Sou um morto-vivo. O que você fez nesses três anos, Miss Acácia?

— Estou vivo de verdade, é um sonho, um pesadelo, ou estou morto?

— Está vivinho da silva; diferente, mas vivo.

Uma vez livre dos horríveis tubos que me beliscavam os pelos dos braços, procuro reunir minha coragem e minhas emoções engolindo uma refeição de verdade.

Miss Acácia reintegrou-se aos meus pensamentos. Não devo estar tão mal assim. Ela me obceca tão ardentemente como no dia do meu décimo aniversário. Preciso ir procurá-la. Não tenho mais certeza de nada, exceto da coisa mais importante: ainda a amo. A própria ideia de sua ausência reacende minhas náuseas de brasa. Nada mais faz sentido senão reencontrá-la.

Não tenho escolha, preciso voltar ao Extraordinarium.

— Você não pode ir lá desse jeito!

Saio sem ter terminado meu prato, rumo à cidade. Nunca corri tão lentamente. O ar frio penetra meus pulmões como lufadas de aço, tenho a impressão de ter 100 anos.

Nas cercanias de Granada, a cal branca das casas mistura-se com o céu em grandes caldeirões de poeira ocre. Cruzo com minha sombra num beco, não a reconheço. Tampouco meu reflexo novinho em folha que esbarra numa vitrine. Cabelo e barba me dão o aspecto que deve ter sido um dia o de Papai Noel antes da sua fase barrigão e cabelos brancos. Mas não é só isso. A dor nos meus ossos alterou minha maneira de andar. Meus ombros parecem ter-se alargado, e depois meus pés doem nesses sapatos, como se estes houvessem encolhido. Quando me veem, as crianças se enfiam debaixo das saias das mães.

Na curva de uma rua, deparo-me com um cartaz estampando Miss Acácia. Contemplo-a longamente, estremecendo de desejo melancólico. Seu olhar está mais firme, ainda que continue sem usar óculos. Suas unhas cresceram, agora ela as pinta. Miss Acácia está ainda mais sublime do que antes, e eu virei o homem das cavernas de pijama.

Ao chegar ao Extraordinarium, dirijo-me imediatamente ao trem-fantasma. Uma vez ali, minhas melhores lembranças projetam-se sobre mim, reocupando seu espaço no meu crânio. As más não demoram a juntar-se a elas.

Instalo-me num vagonete quando, de repente, percebo Joe. Sentado na plataforma, fuma um cigarro. O circuito parece ter sido aumentado. Subitamente... Avisto Miss Acácia, sentada algumas fileiras atrás de mim. Cala-te, coração! Ela não me reconhece. Cala-te, coração! Ninguém me reconhece. Eu mesmo tenho dificuldade em me reconhecer. Joe tenta me assustar como aos outros fregueses. Não consegue. Em compensação, demonstra que seus talentos de pulverizador de sonhos estão intactos ao beijar Miss Acácia na saída do trem-fantasma. Mas não me deixo abater, não dessa vez. Pois agora o outsider sou eu.

Miss Acácia dá uma tragada no cigarro de Joe. A intimidade que emana desse gesto me deixa tão enojado quanto o beijo. Estão a apenas alguns metros de mim, prendo a respiração.

Ele a beija de novo. Faz isso como quem lava louça, sem pensar. Como é possível dar um beijo numa garota dessas sem pensar? Não digo nada. Devolva-a para mim! Vou lhe mostrar meu ardor, molambo fedorento! Minhas emoções se agitam, mas as retenho com todas as minhas forças no mais recôndito de mim.

As faíscas de sua voz espetam meus olhos como gás lacrimogêneo na garganta. Será que ela vai finalmente me reconhecer?

Terei forças para lhe dizer a verdade dessa vez e, se a coisa desandar, terei forças para escondê-la?

Joe entra novamente no trem-fantasma. Quanto a Miss Acácia, passa bem na minha frente, com suas maneiras de furacão miniatura. Os eflúvios de seu perfume me são familiares como um velho cobertor cheio de sonhos. Quase chego a esquecer que agora ela é mulher do meu pior inimigo.

— Bom-dia! — ela me diz ao me ver.

Continua sem me reconhecer. Há três pedacinhos de farpa nos meus ombros. Observo um hematoma em seu joelho esquerdo.

Atiro-me, sem saber como vou aterrissar.

— A senhorita continua dispensando os óculos, não é mesmo?

— É verdade, mas não gosto muito que me amolem por causa disso — ela disse com um sorriso sereno.

— Eu sei...

— Como assim, sabe?

"Sei que brigamos por causa de Joe e do ciúme, que joguei meu coração na lata do lixo de tanto amá-la destrambelhadamente mas que me disponho a reaprender tudo porque a amo mais que tudo." Pronto, eis o que eu devia dizer. Essas palavras atravessam meu espírito, dirigem-se à minha boca, mas não saem. Em vez disso, tusso.

— O que está fazendo de pijama do lado de fora? Por acaso fugiu de um hospital?

Ela fala comigo com deferência, como se eu fosse um velho.

— Não fugi, saí... Estou saindo de uma doença gravíssima...

— Bom, cavalheiro, agora vai precisar arranjar umas roupas!

Sorrimos, como antes. Por um instante penso que ela me reconheceu, em todo caso começo a alimentar discretamente essa esperança. Nos dizemos "até logo" e volto à oficina de Méliès como um anjo torto.

— Não espere para lhe revelar sua identidade! — insiste a enfermeira.

— Ainda não, preciso me adaptar novamente a ela.

— Mas não demore muito... Já a perdeu uma vez ao lhe esconder seu passado! Não espere ela aninhar a cabeça no seu peito e não se esqueça de que ainda há um relógio aí embaixo. Aliás, não gostaria que eu o retirasse de uma vez por todas?

— Sim, vamos fazer isso. Mas espere eu melhorar um pouco, tudo bem?

— Você já está melhor... Quer que eu corte seu cabelo e faça sua barba de homem pré-histórico?

— Não, não imediatamente. Em compensação não teria um velho terno de Méliès largado por aí?

De vez em quando, me posiciono num lugar-chave, não longe do trem-fantasma. Assim, nos esbarramos, como que por acaso. Instala-se uma cumplicidade muito parecida com aquela que tínhamos na época que lágrimas misturavam-se ao meu sorriso. No vazio de certos silêncios, falo com meus botões que ela sabe mas não diz nada. Só que isso não faz absolutamente seu gênero.

Vigio-me para não assediar Miss Acácia. Tiro lições do meu primeiro acidente amoroso. Ainda tenho meus velhos reflexos de atacante, mas a dor reduz minha velocidade; minha precipitação, pelo menos.

Percebo nitidamente que recomeço a manipular a verdade, mas sinto tanta felicidade ao mastigar as parcas migalhas de sua presença protegido por minha nova identidade que a ideia de acabar com ela dá um nó nas minhas tripas.

Esse pequeno carrossel já dura mais de dois meses, Joe parece não perceber nada. Até os sapatos de Méliès machucam meus pés agora. Quanto ao seu terno, me transforma num mágico disfarçado indo pescar siri. Jehanne, a enfermeira, acha que essas metamorfoses são consequência do meu longo coma. Meus ossos esticados como molas durante três anos estariam tentando recuperar o tempo perdido. O que me provoca escolioses que me vergastam o corpo inteiro. Até meu rosto muda. Meu maxilar se adensa, minhas maçãs do rosto ficam salientes.

— E eis que ressurge o homem de Cro-Mignon com seu terno novo em folha — lança Miss Acácia ao me ver chegar. — Só falta o barbeiro para termos recuperado um homem civilizado — é o que ela me insinua no dia de hoje.

— Se me chamar de Cro-Mignon, nunca mais faço a barba.

Falei intempestivamente, *"jogando um verde"*, me sopra Méliès.

— Pode fazer, vou chamá-lo de Cro-Mignon assim mesmo, se me der na telha...

É o grande retorno dos instantes nebulosos. Não consigo saboreá-los plenamente, mas já é bem melhor do que estar separado dela.

— Você me lembra um ex-namorado.

— Mais para "ex" ou mais para "namorado"?

— Os dois.

— Ele era barbudo?

— Não, mas bancava o misterioso como você. Acreditava nas próprias mentiras, enfim, em seus sonhos. E eu achava que ele fazia isso para me impressionar, mas ele acreditava piamente.

— Talvez ele acreditasse e ao mesmo tempo quisesse impressioná-la!

— Talvez... Não sei. Ele morreu há muitos anos.

— Morreu?

— É, hoje mesmo de manhã depositei flores no seu túmulo.

— E se ele só estivesse morto para impressioná-la e você acreditar nele?

— Oh, ele bem que seria capaz, mas não teria esperado três anos para voltar.

— Ele morreu de quê?

— É um mistério. Houve quem o visse brigando com um cavalo, outros dizem que teria morrido num incêndio provocado involuntariamente. Já eu receio que tenha morrido de raiva depois da nossa última briga, uma briga terrível. O fato é que morreu, uma vez que está enterrado. E depois, se estivesse vivo, estaria *aqui*. Comigo.

Um fantasma escondido atrás da barba, eis no que me transformei.

— Ele a amava muito?

— Nunca se ama muito!

— Ele a amava mal?

— Não sei... Mas saiba que me fazer falar do meu primeiro amor, falecido há três anos, não é a melhor maneira de me azarar!

— Qual é a maneira certa de te azarar, então?

— Não me azarar.

— Eu sabia! Foi exatamente por isso que não dei em cima de você!

Ela sorriu.

Eu quase, juro, quase, lhe contei tudo. Com meu velho coração, teria saído tudo aos borbotões, mas agora é tudo diferente.

Voltei à oficina como um vampiro retorna ao seu caixão, envergonhado por ter mordido um pescoço sublime.

"Você nunca mais será como antes", me dissera Méliès antes da cirurgia. Arrependimentos e remorsos comprimem-se no limiar de um abismo tempestuoso. Bastam alguns meses e já estou cheio da minha vida de estilo moderado. Terminada a convalescença, quero voltar ao fogo sem minha máscara de barba e meu matagal de cabelos. Ainda que não me sinta infeliz por crescer um pouco, preciso ultrapassar a barreira dessa simulação de reencontro.

Hoje à noite, deito-me com vontade de vasculhar lembranças e sonhos na lixeira da paixão. Quero ver o que resta de meu velho coração, aquele com o qual me apaixonei.

Meu novo relógio quase não faz barulho, mas nem por isso deixo de ter insônias. O antigo está guardado numa estante, numa caixa de papelão. Quem sabe se eu o consertasse tudo não voltava a ser como antes. Nada de Joe, nada de faca entre os ponteiros. Voltar à época em que eu amava sem estratégia, quando eu investia de cabeça baixa sem medo de esbarrar nos meus sonhos, voltar! À época em que eu não tinha medo de nada, em que eu podia embarcar no foguete cor-de-rosa do amor sem prender o cinto. Hoje estou crescido, mais razoável também; mas desse jeito não ouso mais arriscar o verdadeiro grande salto para aquela que sempre me dará a impressão de ter 10 anos. É irrefutável: meu velho coração, mesmo cheio de galos e fora do meu corpo, me faz sonhar mais do que o novo. É o "verdadeiro", o meu. E quebrei-o, como um idiota. E no que me transformei? Num impostor de mim mesmo? Numa sombra transparente?

Pego a caixa de papelão e retiro delicadamente o relógio, que coloco sobre a minha cama. Volutas de poeira flutuam. Enfio os dedos nas minhas velhas engrenagens. Uma dor, ou a lembrança dessa dor, é bruscamente despertada. Segue-se uma espantosa sensação de alívio.

Em poucos segundos o relógio põe-se a estalar, como um esqueleto que reaprendesse a andar, depois para. Sinto uma alegria que me transporta do topo da colina de Edimburgo para os macios braços de Miss Acácia. Prendo novamente no lugar os ponteiros com dois pedaços de barbante, bem resistentes.

Passo a noite tentando reparar meu velho coração de madeira e, como lastimável mecânico que sou, fracasso. Porém, de madrugada, tomo uma decisão. Recoloco meu velho relógio na caixa. Irei oferecê-lo àquela que se transformara numa grande cantora. Dessa vez eu não lhe daria apenas a chave, mas o coração inteiro, na esperança de que ela tivesse novamente vontade de consertar o amor comigo.

Caminho pela rua principal do Extraordinarium, com meu aspecto de condenado à morte. Deparo-me com Joe. Nossos olhares se cruzam num duelo de bangue-bangue, em câmera lenta.

Não sinto mais medo. Pela primeira vez na vida, coloco-me em seu lugar. Hoje estou em condições de recuperar Miss Acácia como na época em que ele voltou ao trem-fantasma. Penso no ódio que ele devia sentir na escola quando eu falava dela a torto e a direito, enquanto ele padecia um martírio em virtude de sua partida. Esse varapau quase me faz sentir parecido com ele. Observo-o afastando-se até ele desaparecer do meu campo de visão.

Na plataforma do trem-fantasma, surge Brigitte Heim. Quando a vejo com sua cabeleira idêntica aos fios de sua vassoura, dou meia-volta. Seus ares de bruxa amarelecida cheiram a solidão. Ela parece tão infeliz quanto as velhas pedras que ela se digladia para empilhar a fim de fabricar casas vazias. Eu poderia ter tentado conversar com ela tranquilamente, agora que ela não me conhece mais. Mas a ideia de ouvir sua voz cuspir suas reflexões rasteiras me cansa.

— Tenho uma coisa a lhe dizer!

— Eu também!

Miss Acácia, ou o dom de fazer de maneira com que meus planos não se desenrolem como previsto.

— Não quero mais que a gente... Oh, tem um presente para mim? O que há dentro dessa caixa?

— Um coração em mil pedaços. O meu...

— Você insiste muito em suas ideias para alguém que supostamente não dá em cima de mim!

— Esqueça o impostor que viu ontem. Quero lhe revelar toda a verdade agora...

— A verdade é que você não para de me azarar com seu ar desmazelado e sua roupa. Mas devo admitir, até que eu gosto... um pouquinho.

Pego suas covinhas entre meus dedos. Elas não perderam nada de seu brilho delicado. Encosto meus lábios nos seus sem dizer nada. Sua doçura me faz esquecer por um instante minhas sensatas resoluções. Pergunto-me se não ouvi um estalo dentro da caixa. O beijo se consuma, me deixa um gosto de pimenta-malagueta. Um segundo beijo o substitui. Mais consistente, mais profundo, do gênero que reconecta a eletricidade das recordações, tesouros enterrados seis pés sob a pele. "Ladrão! Impostor!", apita a parte direita do meu cérebro. "Calma! Voltaremos ao assunto daqui a pouco!", responde meu corpo. Meu coração está esquartejado. Com todas as suas forças, emite um mudo toque de recolher. A alegria pura e simples de reencontrar sua pele me embriaga, contradizendo uma horrível impressão de me autochifrar. É insuportável de felicidade e sofrimento simultâneos. Normalmente, depois que fico muito feliz fico muito infeliz, a tempestade depois da bonança. Mas, neste instante preciso, as faíscas rabiscam o céu mais azul do mundo.

— Pedi para falar primeiro... — ela me diz tristemente desvencilhando-se do meu abraço. — Não quero continuar a vê-lo. Percebo claramente que estamos nos rondando há alguns meses, mas estou apaixonada por outro, e isso há muito tempo. Começar uma história nova seria ridículo, sinto muito realmente. Ainda estou apaixonada...

— Pelo Joe, eu sei.

— Não, pelo Jack, o ex-namorado de que lhe falei, aquele que você às vezes me lembra.

O big bang intersideral das sensações inverte minhas conexões emocionais. Lágrimas assomam abruptamente, quentes e intensas, impossíveis de conter.

— Desculpe, eu não queria machucá-lo, mas já me casei com alguém por quem não sou apaixonada, não quero repetir — ela diz, me enlaçando com seus braços de passarinho.

Meus cílios devem estar cuspindo arco-íris. Reúno minha coragem com ambas as mãos para pegar o embrulho que contém meu relógio-coração.

— Não posso aceitar presente vindo de você. Sinto muito mesmo. Não torne as coisas mais complicadas do que já são.

— Abra de toda forma, é um presente personalizado, se não aceitar, ele não servirá para mais ninguém.

Ela concorda, visivelmente embaraçada. Seus bonitos dedinhos pintados com esmero rasgam o papel. Finge um sorriso. É um momento precioso. Oferecer seu verdadeiro coração num embrulho de presente para a mulher de sua vida não é pouca coisa não!

Ela sacode a caixa, fazendo cara de quem procura adivinhar o conteúdo.

— É frágil?

— Sim, é frágil.

Seu mal-estar é palpável. Ela abre lentamente a tampa da caixa. Suas mãos mergulham no fundo e recolhem meu velho relógio-coração. A parte de cima do mostrador aparece na luz, depois o centro do relógio e seus dois ponteiros remediados.

Ela o examina. Nem uma palavra. Vasculha nervosamente a bolsa, tira um par de óculos que coloca desajeitadamente em seu incomparável narizinho. Seus olhos estudam cada detalhe. Faz os ponteiros girarem no sentido certo, depois no sentido errado. Seus óculos estão embaçados na parte de cima. Ela balança a cabeça. Seus óculos estão embaçados na parte de baixo. Suas mãos tremem. Estão conectadas no interior do meu peito. Meu corpo registra seus movimentos sísmicos, reproduzindo-os.

Ela não me toca. Meus relógios reverberam dentro de mim, surpreendidos pelo tremor que se amplifica.

Miss Acácia deposita delicadamente meu coração sobre a mureta contra a qual namoramos tantas vezes. Ergue a cabeça para mim, finalmente.

Seus lábios entreabrem-se e sussurram:

— Todos os dias, fui lá todos os dias. Faz três anos que deposito flores na porra do seu túmulo! Do dia do seu enterro até hoje de manhã! Eu estava lá agorinha mesmo. Mas foi a última vez... Pois agora, para mim, você não existe mais...

Ela gira nos calcanhares de forma acintosa e transpõe a mureta, lentamente. O relógio do meu coração continua arrasado, os ponteiros apontados para o chão. O olhar de Miss Acácia me atravessa sem raiva; efetivamente, não existo mais. Ele vê-se largado qual um pássaro triste sobre a caixa de papelão, depois voa para os céus, cujas portas agora estão fechadas para mim. O barulho de seus passos se arrefece. Daqui a pouco não verei mais suas nádegas apetitosas requebrarem-se como uma ressaca de veludo. Daqui a pouco o meneio flamenco de sua saia fará desaparecer suas pernas e não restará mais senão o rumor distante de passos. Sua silhueta não terá mais do que 10 centímetros. Nove centímetros, seis, o tamanho exato de um cadáver para uma caixa de fósforos. Cinco, quatro, três, dois...

Dessa vez, não a verei mais.

Epílogo

O relógio mecânico da doutora Madeleine continuou sua viagem fora do corpo do nosso herói, se é que podemos chamá-lo assim.

Brigitte Heim foi a primeira a notar sua presença. Sobre a mureta, o relógio-coração parecia um brinquedo para os mortos. Ela decidiu recolhê-lo para completar sua coleção de objetos insólitos. O relógio descansou então por um momento no chão do trem-fantasma entre dois crânios seculares.

O dia em que Joe o reconheceu, perdeu seu poder de assustar. Uma noite, depois do expediente, decidiu livrar-se dele. Pegou a estrada do cemitério San Felipe com o relógio debaixo do braço. Em sinal de respeito ou mera superstição, nunca saberemos, o fato é que depositou o relógio sobre o túmulo agora abandonado de Little Jack.

Miss Acácia deixou o Extraordinarium em algum momento do mês de outubro de 1892. Nesse mesmo dia de outubro, o relógio sumiu do cemitério San Felipe. Joe prosseguiu sua carreira no trem-fantasma, assombrado até o fim de seus dias pela perda de Miss Acácia.

Miss Acácia, por sua vez, espalhou suas faíscas pelos cabarés da Europa inteira, sob o nome de sua avó. Dez anos mais tarde, por ocasião de sua passagem por Paris, teria sido vista num cinema que passava *A viagem à lua*, de um certo Georges Méliès, que se tornara o maior precursor do cinema de todos os tempos, o inventor absoluto. Miss Acácia e ele teriam conversado durante alguns minutos depois da sessão. Ele lhe teria entregue um exemplar de *O homem sem truques*.

Uma semana mais tarde, o relógio reapareceu no corredor da velha casa de Edimburgo, embrulhado numa mortalha. Diria-se que uma cegonha acabara de deixá-lo ali.

O coração permaneceu horas largado no capacho antes de ser recolhido por Anna e Luna — que haviam restaurado a casa inabitada para transformá-la num orfanato que acolhia até crianças velhas como Arthur.

Após a morte de Madeleine, a ferrugem invadiu sua coluna vertebral. Ao menor movimento, ele rangia. Deu para ter medo do frio e da chuva. O relógio terminou sua carreira em sua mesinha de cabeceira, com o livro que estava enfiado no embrulho.

Jehanne d'Ancy nunca mais reviu o relógio, mas finalmente descobriu o caminho do coração de Méliès. Os dois terminaram a vida juntos, tocando uma loja de truques de mágica ao lado da estação de Montparnasse. Todo mundo esquecera o grande Méliès, mas Jehanne continuava a escutar com paixão suas histórias de homem com coração de relógio e outros monstros revestidos de sombras.

Quanto ao nosso "herói", cresceu, não parou mais de crescer. Mas nunca mais se recobrou da perda de Miss Acácia. Saía todas as noites, apenas à noite, para rondar os arredores do Extraordinarium, na penumbra dos pavilhões de espetáculo. Mas o semifantasma em que ele se tornara nunca mais transpôs seu umbral.

Fez então o caminho de volta até Edimburgo. A cidade era idêntica na sua memória, o tempo parecia ter parado ali. Escalou a íngreme colina, como quando era criança. Grandes flocos cheios de água pousaram em seus ombros, pesados como cadáveres. O vento lambia o velho vulcão da cabeça aos pés, sua língua congelada rasgava as brumas. Não era o dia mais frio do mundo, mas não estava longe disso. No fundo da cerração, bem no fundo, ressoou um barulho de passos. Na vertente direita do vulcão, ele julgou reconhecer uma silhueta familiar. Uma cabeleira de vento e aquele célebre andar de boneca manhosa um pouquinho desarticulada. Mais um sonho que se mistura à realidade, ele diz a si mesmo.

Quando empurrou a porta da casa de sua infância, todos os relógios de Madeleine estavam silenciosos. Anna e Luna, suas tias coloridas, tiveram todas as dificuldades do mundo para reconhecer aquele que não podiam mais chamar de "little Jack". Foi preciso ele cantar algumas notas de *Oh When the Saints* para que elas lhe abrissem seus braços emagrecidos. Luna lhe explicou lentamente o teor da primeira carta, aquela que nunca chegara, confessando-lhe de passagem que as seguintes tinham sido escritas por elas. Antes que o silêncio fizesse as paredes explodirem, Anna apertou bem forte a mão de Jack na sua e o conduziu à cabeceira de Arthur.

O velho lhe revelou o segredo de sua vida.

"Sem o relógio de Madeleine, você não teria sobrevivido ao dia mais frio do mundo. Mas no fim de alguns meses seu coração de carne e osso bastava-se a si mesmo. Ela poderia ter tirado o relógio, como fazia com os pontos de sutura. Deveria, aliás. Nenhuma família ousava adotá-lo por causa da geringonça tique-taqueadora que saía do seu pulmão esquerdo. Com o tempo, ela se apegou a você. Madeleine via-o como uma coisinha frágil, a ser protegida a todo custo, ligada a ela por esse cordão umbilical em forma de relógio.

Ela temia terrivelmente o dia em que você se tornasse adulto. Tentou regular a mecânica do seu coração de maneira a mantê-lo sempre junto a ela. Tinha jurado se acostumar com a ideia de que você talvez também viesse a sofrer de amor, pois a vida é feita assim. Mas não conseguiu."

Pela manutenção, ajustes e maravilhosos giros
de chave dados no relógio-coração deste livro,
agradeço a Olivia de Dieuleveult e Olivia Ruiz.

Este livro foi composto na tipologia Sabon LT Std, em corpo 11/16, e impresso em papel off-white $80g/m^2$ no Sistema Digital Instant Duplex da Divisão Gráfica da Distribuidora Record.